KiWi 495

Das Buch

Nur selten hat sich Erich Maria Remarque, dessen Bücher von so eminenter Wirkung waren und sind, über sein Werk geäußert. Sein anfängliches Schweigen anläßlich des ungeheuren Erfolgs von *Im Westen nichts Neues* irritierte die Öffentlichkeit. Und auch später zog er es vor, seine Bücher für sich sprechen zu lassen.

Trotzdem hat es immer wieder Situationen gegeben, in denen Remarque sich genötigt sah, die Beweg- und Hintergründe seines Schreibens aufzudecken. Der vorliegende Band versammelt zum ersten Mal die Texte und Gespräche Remarques, die die Konsequenz seines Denkens über Jahrzehnte hinweg dokumentieren. Vieles davon fand sich im Nachlaß, anderes mußte aus englischen und amerikanischen Zeitschriften übersetzt werden. In diesen Texten zeigt sich Remarque trotz seiner über 40jährigen Weltbürgerschaft wie kaum ein zweiter deutscher Autor gebunden an die Geschichte Deutschlands in und zwischen den beiden Weltkriegen.

Der Autor

Erich Maria Remarque, 1898 in Osnabrück geboren, besuchte das katholische Lehrerseminar. 1916 als Soldat eingezogen, wurde er nach dem Krieg zunächst Aushilfslehrer, später Gelegenheitsarbeiter, schließlich Redakteur in Hannover und ab 1924 in Berlin. 1932 verließ Remarque Deutschland, lebte zunächst im Tessin/Schweiz. Seine Bücher *Im Westen nichts Neues* und *Der Weg zurück* wurden 1933 von den Nazis verbrannt, er selber 1938 ausgebürgert. Ab 1941 lebte Remarque offiziell in den USA, erlangte 1947 die amerikanische Staatsbürgerschaft. 1970 starb er in seiner Wahlheimat Tessin.

Der Herausgeber
Dr. Thomas F. Schneider; stellvertretender Leiter des Remarque-Zentrums, Erich Maria Remarque-Archiv / Forschungsstelle Krieg und Literatur an der Universität Osnabrück. Zahlreiche Publikationen zur Kriegs- und Antikriegsliteratur im 20. Jahrhundert, zur Exilliteratur und zu Erich Maria Remarque.

Erich Maria Remarque bei k & w:
»Als wäre alles das letzte Mal«. Erich Maria Remarque. Eine Biographie von Wilhelm von Sternburg (1998), *Arc de Triomphe*. Roman (KiWi 472), *Drei Kameraden*. Roman (KiWi 492), *Der Feind*. Erzählungen (KiWi 496), *Der Funke Leben*. Roman (KiWi 473), *Die großen Romane in 4 Bänden*. (KiWi-Kassette 480), *Der Himmel kennt keine Günstlinge*. Roman (KiWi 490), *Liebe Deinen Nächsten*. Roman (KiWi 493), *Ein militanter Pazifist*. Texte und Interviews 1929–1968. (KiWi 495), *Die Nacht von Lissabon*. Roman (KiWi 471), *Schatten im Paradies*. Roman (KiWi 481), *Der schwarze Obelisk*. Roman (KiWi 488), *Station am Horizont*. Roman (1998), *Das unbekannte Werk*. 5 Bände im Schuber (1998), *Der Weg zurück*. Roman (KiWi 491), *Im Westen nichts Neues*. Roman (KiWi 494), *Im Westen nichts Neues*. Mit Materialien (KiWi 470), *Zeit zu leben und Zeit zu sterben*. Roman (KiWi 489).

Erich Maria Remarque

Ein militanter Pazifist

Texte und Interviews 1929–1966

Herausgegeben und mit einem Vorwort
von Thomas F. Schneider

Kiepenheuer & Witsch

1. Auflage 1998

Umschlaggestaltung Philipp Starke, Hamburg
Umschlagfoto Erich-Maria-Remarque-Archiv, Osnabrück
© Rabe, Osnabrück
Satz Fotosatz Froitzheim, Bonn
Druck und Bindearbeiten Clausen & Bosse, Leck
ISBN 3-462-02732-8

Inhalt

Vorwort

Ein militanter Pazifist?

Erich Maria Remarques Schriften und Interviews zum Zeitgeschehen

Für T. W.

Am 26. Januar 1931, eineinhalb Monate nach dem Verbot des Films *Im Westen nichts Neues* nach dem Roman von Erich Maria Remarque wegen »Gefährdung deutschen Ansehens« durch die Filmoberprüfstelle am 11. Dezember 1930[1], lud die Deutsche Liga für Menschenrechte zu einer Kundgebung in den Berliner Bach-Saal. Unter dem Titel »Remarque und die Wirklichkeit« versammelte sich die kriegskritisch orientierte künstlerische Spitze der Berliner Gesellschaft zum Protest gegen das Filmverbot, das eine Kapitulation der Republik vor dem nationalsozialistischen Straßenterror darstelle. Neben mündlichen Beiträgen von Heinrich Mann, Carl Zuckmayer, Edlef Köppen, Käthe Kollwitz, den Reichstagsabgeordneten Adele Schreiber-Krieger und Marie Juchacz wurden schriftliche Stellungnahmen von Ludwig Renn, Arnold Zweig, Kurt Tucholsky, Albert Einstein, Alexander Moritz Frey und Erzbischof Söderblom verlesen. In der anschließenden Diskussion ehemaliger Kriegsteilnehmer wurde einhellig festgestellt, der »Film *Im Westen nichts Neues* gäbe nur ein schwaches Bild davon, wie es an der Front tatsächlich ausgesehen habe«.[2]

Die Sensation des Abends war jedoch eine schriftliche Erklärung des Autors von *Im Westen nichts Neues* selbst, der nach Meinung der Öffentlichkeit bislang zum Streit um Buch, Film und seine Person geschwiegen hatte. Remarque wurde wie folgt zitiert:

> Ich habe lange nach einer Erklärung dafür gesucht, wie es möglich ist, daß Menschen, die den Krieg mitgemacht haben, schon heute, zwölf Jahre später, so völlig verschiedener Ansicht über die Wirklichkeit des Krieges sein können. Zweifellos bekommen selbst die furchtbarsten Erlebnisse durch die Tatsache, sie überwunden zu haben, noch etwas vom Glanz eines heroischen Abenteuers. Niemand wird die ungeheure Leistung der deutschen Soldaten herabsetzen können und herabsetzen wollen. Aber es muß mit aller Entschiedenheit dagegen Front gemacht werden, die Erinnerung an diese Leistungen jetzt einseitig zu benutzen, den Krieg zu verherrlichen und darüber den grenzenlosen Jammer zu verkleinern, den er geschaffen hat.[3]

Die Erklärung schließt mit einem Zitat aus dem gerade erschienenen neuen Buch Remarques, *Der Weg zurück*, in dem es heißt: »Das Vermächtnis der Toten heißt nicht: Rache –, es heißt: Nie wieder!«[4]
In den Augen des Korrespondenten der Berliner *Licht Bild Bühne* war diese Erklärung Remarques das Ereignis, in der der Autor »zum *ersten Male selbst* in der Angelegenheit öffentlich Stellung nahm«, und er fügte nicht ohne Kritik hinzu: »eine Stellungnahme, die man seit langem erwartet hatte.«[5] Übersehen und nicht akzeptiert hatten er und andere Kritiker Remarques die bis dahin sehr wohl erfolgten Positionsbestimmungen des Autors in zahlreichen Interviews, die jedoch dem Tenor folgten, er habe mit *Im Westen nichts Neues* lediglich den menschlichen Aspekt des Krieges beschreiben und sich nicht in die politische Diskussion um seine Bewertung einschalten wollen. Remarque betonte immer wieder, so bereits im Interview mit Axel Eggebrecht[6]

vom Juni 1929, ihn habe die Frage beschäftigt, was aus den Kriegsteilnehmern in der Nachkriegszeit geworden sei, ob das Kriegserlebnis nicht Schäden auch an der Psyche der Menschen verursacht habe, und: er sei ein unpolitischer Mensch. Martin Stoß veranlaßten diese Äußerungen und die Diskussion um das Buch gar zu der Annahme, Remarque sehe sich nach dem Erfolg von *Im Westen nichts Neues* einer fast tragischen Zweiteilung seiner Persönlichkeit gegenüber: der einfache Frontsoldat Remarque, der nur seine Erinnerungen habe verarbeiten wollen, werde nun mit dem Autor Remarque konfrontiert, dem eine politisierte Öffentlichkeit den Stahlhelm wieder aufsetzen und ihn zu einem Kämpfer für den Pazifismus oder, je nach politischer Couleur, für eine zumindest moralische Wiederaufrüstung machen wolle.[7]

In der Tat war Remarque in einen fast unauflöslichen Widerspruch geraten: Nachdem der Ullstein-Konzern im August 1928 das Manuskript zu *Im Westen nichts Neues* angenommen und einer konzern-internen Begutachtung unterzogen hatte, veranlaßte man den Autor, seinen die Sinnlosigkeit des Krieges ausdrücklich anklagenden Text zu entschärfen.[8] Die Verkaufsstrategie des Konzerns zielte offensichtlich darauf ab, das Buch, das »den Krieg als Tatsache voraussetzte«[9] und somit eher den Nachkriegs- und damit Wirkungsaspekt des Krieges behandelte, als Erlebnisbericht eines unpolitischen, einfachen Muschkoten zu verkaufen, der den bislang marktbeherrschenden Offiziersmemoiren eine neue Perspektive hinzufügen und für Kriegsgegner wie -befürworter akzeptabel sein sollte. Entsprechend stimmte der Konzern in der Werbung auch die Informationen über den Autor und seine Intention auf dieses Konzept ab, indem zunächst behauptet wurde, Remarque habe die in *Im Westen nichts Neues* geschilderten Ereignisse auch selbst erlebt und aus einem »Drang und Zwang«[10] heraus, sich der Erinnerungen zu entledigen und sie zu bewältigen, in wenigen Wochen den Text heruntergeschrieben.

In den Selbstaussagen und Interviews hielt sich Remarque zunächst an diese Vorgaben. Die Strategie des Konzerns schien aufzugehen: Sowohl rechte als auch linke Kritiker bescheinigten *Im Westen nichts Neues*, das Buch würde »die Wahrheit« über den Krieg schildern. Mit den rasant, in nie dagewesener Geschwindigkeit steigenden Auflagenzahlen (der Propyläen-Verlag beschäftigte bis zu acht Druckereien gleichzeitig, um der Nachfrage Herr zu werden) entwickelte sich der unpolitische Erlebnisbericht zum tendenziösen Politikum, das, in den Augen der Rechten, den deutschen Frontsoldaten diffamiere und, in der Argumentation der Linken, den Krieg zum Abenteuer verniedliche und damit indirekt »pazifistische Kriegspropaganda«[11] betreibe. Mit der deutschen Premiere der US-amerikanischen Verfilmung (Regie Lewis Milestone) am 4. Dezember 1930 in Berlin schließlich eskalierte der Streit um *Im Westen nichts Neues* endgültig. Die Berliner Nationalsozialisten nutzten den Film mit Protestaktionen vor und im Kino am Nollendorfplatz zum Angriff auf die Standfestigkeit der Weimarer Republik – mit Erfolg. Goebbels resümierte triumphierend nach dem Filmverbot am 12. Dezember 1930 im *Angriff*:

> Ein Briefwechsel: »Sehr geehrter Herr Doktor [Goebbels]! Wenn Sie es nicht fertig bringen, den Schmachfilm *Im Westen nichts Neues* abzusetzen, imponiert mir der ganze Nationalsozialismus nicht mehr. Hochachtungsvoll! I. H., eine Frontschwester.« – »Sehr verehrte Frau H.! Wir haben es fertig gebracht. Dr. G.«[12]

Der Autor Erich Maria Remarque saß derweil endgültig zwischen allen Stühlen: An die Marketing-Strategie des Ullstein-Konzerns gebunden und überrascht von der Vehemenz der politischen Diskussion, die literarisch-ästhetische Maßstäbe fast völlig außer acht ließ, war er nicht gewillt, sich für parteipolitische Ziele einspannen zu lassen. Remarque vertrat diese, in seiner Situation wohl einzig mögliche Haltung zudem defensiv, versteckt in Interview-Aussagen und verstreut publizierten Stellungnahmen. Selbst die eingangs zitierte, in ihrer Aussage eindeutige Erklärung blieb für die Glaubwürdigkeit und Beurteilung des Autors in der Öffentlichkeit ohne Resonanz, so daß Carl von Ossietzky 1932 enttäuscht feststellte:

> Es war von Remarque gut und geschmackvoll, daß er dem fatalen Tagesruhm auswich, der mit einem solchen Erfolg unvermeidlich verknüpft ist. Es war verhängnisvoll, daß er vor den Kämpfen kniff, die eine ebenso unausweichliche Konsequenz seines Erfolges waren. [...] Die Haltung, die einem ruheliebenden Ästheten neidlos gegönnt sein mag, wird einem Schriftsteller nicht leicht durchgehen [...].[13]

Spätestens seit diesem Verdikt galt Remarque als unpolitischer Autor, der eher zufällig mit *Im Westen nichts Neues* in den Strudel politischer Auseinandersetzungen geraten war und von dem keine beachtenswerten Stellungnahmen mehr zu erwarten waren. Daß er bereits zuvor ausführlich die Frage *Haben meine Bücher eine Tendenz*? (S. 62–65) behandelt hatte, war für das seitdem für Jahrzehnte gültige Autorbild ohne Belang.

Doch noch ein anderer Aspekt trug und trägt zur verwirrenden Widersprüchlichkeit des Autors Remarque bei: Wohl bei kaum einem Autor zuvor und danach ist die Biographie und der persönliche Lebensstil derart gezielt und erfolgreich eingesetzt worden, um seine Glaubwürdigkeit zu erschüttern. Bis zum heutigen Tag schließt sich mit fast unausweichlicher Konsequenz an die Erwähnung Remarques die Frage an, ob sein wahrer Name denn nicht eigentlich »Kramer« sei, womit zugleich eine Aura des Mysteriösen und wohl auch Hochstaplerischen erzeugt werden soll. Obwohl bereits im Juni 1929 anhand der Geburtsurkunde als nationalsozialistische Propaganda widerlegt[14], hält sich die Namensdiskussion und »Kramer«-Legende bis heute z. T. in renommierten Lexika.

Fast unüberschaubar sind die Vorwürfe und gezielten Fehlinformationen, die von politisch unterschiedlichster Seite gegen den Autor von *Im Westen nichts Neues* vorgebracht wurden: er sei nie im Krieg gewesen, habe den Text einem gefallenen Kameraden gestohlen, sei Agent der Entente usw. Genüßlich wurde der Umstand ausgeschlachtet, daß der 27jährige Remarque mit der erkauften Adoption durch den verarmten Freiherrn Hugo von Buchwald gesellschaftliche Reputation erlangen wollte. 1926 hatte Remarque sich zusammen mit seiner Frau Ilse Jutta Zambona für angeblich 500 RM durch die Adoption durch den Freiherrn offiziell einen Adelstitel zugelegt und sich unter »Erich Freiherr von Buchwald gen. Remark« auch polizeilich in Berlin angemeldet.[15] Und fast noch verwerflicher erschien es den zeitgenössischen Kritikern, daß der von den Kriegserinnerungen verfolgte Autor 1924 einen Essay *Über das Mixen kostbarer Schnäpse* verfaßt hatte.[16] Die uneingestandene Forderung, ein Autor von Texten über Krieg, Mord und Unterdrückung habe gefälligst seinen Lebensstil mit den geschilderten Erlebnissen oder Ereignissen in Einklang zu bringen und auf die angenehmen Seiten des Lebens zu verzichten, geistert bis heute durch die Beurteilungen Remarques.

Die Schwierigkeit, den »Dandy« mit dem »Humanisten« zu einem widerspruchsfreien Bild zusammenzufügen, führt fast unweigerlich zur Beurteilung als »Vielschreiber der Trivialliteratur, der von den größten Themen der Zeit keines ausließ«.[17]

Die Selbsteinschätzung Remarques wich selbstverständlich von beiden Vorstellungen ab. Im Interview mit Heinz Liepman von 1962 (S. 110–117) fand er schließlich die Formulie-

rung, die sein politisches und schriftstellerisches Credo charakterisiert: er sei, als er 1931 Deutschland habe verlassen müssen, dasselbe gewesen wie 1962: »ein militanter Pazifist«.
Die Formulierung »militanter Pazifist« scheint auf den ersten Blick erneut einen Widerspruch zu beinhalten, verträgt sich die »Militanz« doch kaum mit der Friedfertigkeit, die gemeinhin mit pazifistischen Positionen verbunden wird. Doch könnte Remarque mit dieser Selbstcharakterisierung auch darauf hinweisen wollen, daß er seine ganz private und zutiefst zivile Kriegsgegnerschaft zeitlebens mit Nachdruck und unerbittlicher Härte vertreten hat. Die in diesem Band gesammelten Texte und Interviews sollen davon Zeugnis geben. Es scheint allerdings notwendig zu sein, sie in den Zusammenhang von Leben und Werk Remarques einzuordnen, auch um deutlich zu machen, daß zwischen der Biographie einerseits und den in diesen Texten und den Romanen von Remarque vertretenen Positionen andererseits ein »unauflöslicher Widerspruch« nicht zu finden ist.

II

Bereits im Sommer 1918 muß es für den gerade 20jährigen Remarque so etwas wie eine Schlüsselerfahrung gegeben haben, einen ersten Anstoß zum »militanten Pazifismus«. Nach kurzem, keineswegs freiwilligem Aufenthalt im Hinterland der Westfront im Juni/Juli 1917, der mit einer mehrfachen Verwundung durch Granatsplitter endete, kam er in das Duisburger St.-Vinzenz-Hospital. Die Verwundungen an Hals und Händen waren so schwer, daß Remarque alle Träume auf eine ursprünglich angestrebte Musikerkarriere begraben mußte. In Duisburg gelang es ihm – durch Musikunterricht für die Tochter des Lazarettinspektors und wohl auch eine Liaison mit ihr –, als Schreiber im Lazarett bleiben zu können und nicht an die Front zurück zu müssen.[18] Am 24. August 1918 notierte er in sein sonst von jugendlichen Liebesschwärmereien geprägtes Tagebuch:

> Gestern hatte ich eine lange Aussprache mit einem Kameraden, dem Vizefeldwebel Leigl. Was mir bis dahin unbestimmt vorgeschwebt hatte, bekam festere Gestalt. Nämlich der Gedanke, die Jugend Deutschlands, diese prachtvolle, stahlharte Jugend aufzurufen nach dem Kriege zum Kampfe gegen das Morsche und Faule und Oberflächliche in Kunst und Leben. [...] Sturm gegen veraltete Erziehungsmethoden, [...] Kampf für bessere Lebensbedingungen des Volkes, Bodenreform, vor allem Kampf gegen die drohende Militarisierung der Jugend, gegen den Militarismus in jeder Form seiner Auswüchse. [...] Vor allen Dingen: Streben nach innerer Wahrheit und Ernst in allen Dingen, Kampf gegen Kleinlichkeit und Niederes unter allen Umständen.[19]

Diesem Vizefeldwebel Leigl, über den nichts Näheres bekannt ist, kommt für Remarques Entwicklung eine ähnliche Bedeutung zu wie dem Osnabrücker Bohemien Fritz Hörstemeier, der den Sohn eines Buchbinders noch vor dem Kriegseinsatz in seinem »Traumbude«-Zirkel in die »Geheimnisse« der Kunst und Philosophie eingeweiht hatte. Fritz Hörstemeier, Maler, Dichter, Philosoph und Bohemien, hatte bereits vor dem Krieg in Osnabrück einen Kreis von Schülern um sich versammelt, zu denen neben Remarque auch der spätere Kölner Kunstprofessor Friedel Vordemberge gehörte. In dem »Die Traumbude« genannten Treffpunkt des Kreises an der Liebigstraße wurde vor allem versucht, nicht nur über Kunst zu diskutieren, sondern auch, künstlerische und philosophische Einstellungen in das tägliche Leben zu übertragen. Hörstemeier starb ein Jahr nach Remarques Mutter 1918. In Duisburg kam zu dem »Schöngeist« Remarque der Pazifist hinzu:

> Bildet euch nicht ein, daß Deutschlands Jugend aus Patriotismus, für »Kaiser und Reich« stirbt und leidet. Das fegt nur aus euren Herzen heraus. Patriotismus haben nur Kriegsgewinnler und Reklamierte! Außerdem ist *der* Patriotismus, mit dem ihr die Zeitungen füllt, ein Zeichen von Heldentum, und kein Zeichen freien Geistes. Ist das denn eine Tat, wenn ich für eine absurde Idee, für eine Dummheit von Staatsmännern, für einen Menschen, dem Geburt und Angewohnheit, die ich längst nicht gutheiße, eine Stellung gaben, mein Leben wage und gebe? Ist dieser Krieg nicht eine tolle Verkehrung der Natur? Eine Minderheit diktiert, befiehlt der großen Mehrheit: Jetzt ist Krieg! [...] Sollte man glauben, daß das vorkommt?[20]

Was Remarque hier in seinem Tagebuch noch mit dem Pathos des Anhängers der Jugendbewegung und Vitalismus-Philosophie formulierte, war bereits das Credo seines späteren schriftstellerischen Schaffens. Zwar hatte der 19jährige schon 1917 im Lazarett begonnen, seine Kriegserlebnisse in einen »Roman« umzusetzen, für den er noch an der Front befindliche Kameraden um Mithilfe bat[21], doch blieb die Fertigstellung dieses Textes wie auch eine anderweitige Umsetzung der Kriegserfahrung und der durch sie gewonnenen Überzeugungen in schriftstellerische Werke in den nächsten zehn Jahren bis auf wenige Ausnahmen aus.[22]

Das Ende des Krieges bedeutete für Remarque eine schwere persönliche Krise. Zwar beendete er seine vor dem Kriegseinsatz begonnene Ausbildung zum Volksschullehrer, scheiterte jedoch an der beruflichen Praxis, an dem Zwang, sich erneut in vorwiegend konservativ geprägte Hierarchien und Lehrpläne einzuordnen. Verschiedene Berufe folgten, begleitet von Rezensionstätigkeit für Osnabrücker Zeitungen und einigen Erzählungen und Gedichten für die Dresdner *Schönheit* sowie einem Roman, der die Bohemien-Zeit in der »Traumbude« Fritz Hörstemeiers verarbeitete.[23]

Im Jahr 1921 wandte sich der an sich und seiner Arbeit zweifelnde Remarque brieflich an Stefan Zweig mit der Bitte, seine schriftstellerischen Ambitionen und Leistungen vorurteilsfrei zu beurteilen, und sandte ihm einige seiner Gedichte, die seit 1918 in Zeitschriften wie der Dresdner *Schönheit* und in Osnabrücker Zeitungen erschienen waren.[24] Stefan Zweig, der sich im Schweizer Exil gegen den Krieg eingesetzt hatte, antwortete in einem nicht erhalten gebliebenen Brief dem völlig unbekannten Autor mit Verständnis und Wohlwollen – ein Umstand, der Remarque in seinen künstlerischen Zielen bestätigte. Nach dem Erfolg mit *Im Westen nichts Neues* schrieb er ein zweites Mal an Stefan Zweig und bedankte sich für die Förderung[25]:

> [...] vor vielen Jahren, in einer verzweifelten Situation, faßte ich mir ein Herz und schickte tollkühn eine Anzahl Gedichte an den Mann, dessen Wort dann mein Schicksal sein sollte: ob ich versuchen sollte, weiter zu arbeiten oder ob ich meiner Umgebung folgen, alles als Hirngespinste beiseite werfen und einen vernünftigen Beruf ergreifen sollte. [...] ich habe dann mein Leben weitergeführt, es ist schwer gewesen, denn ich konnte mit mir nicht recht fertig werden, aber schließlich habe ich dann doch ein Buch geschrieben. [...] Aber wirklich freuen würde ich mich, wenn Sie dieses Buch als einen Anfang nehmen würden, der Sie Ihren Brief von damals nicht bereuen läßt.

Die zwanziger Jahre waren im umfangreichen Werk Remarques (über 250 Einzeltexte für den Zeitraum 1916–1928 sind bis heute bekannt) gekennzeichnet durch das Bemühen, sich mehr oder weniger erfolgreich als ernstzunehmender Schriftsteller zu etablieren, ohne dabei brisante Themen der Zeit aufzugreifen. Einher ging ein beruflicher Aufstieg, der vom Redakteur der Werkszeitschrift *Echo Continental* (Hannover, 1922–1924) zum ab März 1928 leitenden Redakteur bei *Sport im Bild* in Berlin führte, dem »Blatt für die gute Gesellschaft« im deutschnationalen Hugenberg-Konzern. Remarque und sein Vorgänger Konrad Elert machten als leitende Redakteure aus der Sport- und Mode-Hochglanzillustrierten ein Sprachrohr der führenden Literaten der Weimarer Republik: Robert Musil, Carl Zuckmayer, Ernst Weiss, Max Brod waren ebenso mit Erstpublikationen unter den Beiträgern zu finden wie Bertolt Brecht, René Schickele, Robert Walser und – Erich Maria Remarque.[26] Was Remarque schließlich bewogen hatte, das bisher beruflich Erreichte mit der Niederschrift von *Im Westen nichts Neues* im Herbst 1927 radikal aufs Spiel zu setzen, ist bis heute ungeklärt. Der Autor mußte sich darüber im klaren sein, daß ein derartig – vor allem in der Manuskriptfassung – kriegskritischer Text von seinem Arbeitgeber Hugenberg nicht akzeptiert werden konnte. Der mit Ullstein schließlich abgeschlossene Vertrag enthielt daher auch eine Klausel, daß bei einem Mißerfolg von *Im Westen nichts Neues* Remarque sein Vorschußhonorar in den Blättern des Ullstein-Konzerns hätte abarbeiten müssen. Zwei Tage nach Beginn des Vorabdrucks in der zu Ullstein gehörenden *Vossischen Zeitung* wurde ihm beim Hugenbergschen *Sport im Bild* fristlos gekündigt.

Das persönliche Risiko lohnte sich für Remarque: Durch *Im Westen nichts Neues* wurde er für den Rest seines Lebens finanziell unabhängig. Doch hatte dieser Erfolg die erwähnten gravierenden Konsequenzen für seine politische Position. Er war gezwungen, seine Einstellungen nicht nur öffentlich zu machen, sondern vor allem, sie aus dem zuvor vertretenen allgemein menschlichen Impetus heraus zu konkretisieren. Erstes Resultat dieser Überlegungen war, neben der vorzeitigen Emigration ins Tessiner Exil 1931, der Text *Haben meine Bücher eine Tendenz?* (S. 62–65), in dem sich der Autor als Kritiker präsentierte, der durchaus in der Lage war, an den Reaktionen auf seine Bücher den Geist der Zeit abzulesen:

> Patriotismus ist ein hoher und edler Begriff, aber Chauvinismus ist eine gefährliche Drohung geworden, seit eine Welle von Nationalismus die moderne Welt überflutet und das Evangelium des Hasses verbreitet und rohe Gewalt predigt. Dieser Chauvinismus ist in allen europäischen Ländern zu finden, in Italien sowohl wie in Deutschland. Nach der Meinung der Chauvinisten ist nur ein aggressiver Nationalismus wirklich patriotisch, während sie Pazifismus oder nur Verdammung der Kriegsschrecken und Friedensliebe Feigheit nennen. Sie vergessen jedoch, dass in der gegenwärtigen ruhelosen Zeit der Kämpfer weniger Mut beweist, als der, der es wagt, sich als Pazifist zu bekennen.

Die Angriffe auf seine Person hatten für Remarque lebensentscheidende Konsequenzen. Er stand mit an der Spitze der »schwarzen Liste« der Nationalsozialisten. Am 30. Januar 1933 befand sich Remarque in Berlin, und die Legende geht, von ihm selbst in verschiedenen Versionen kolportiert, daß er noch in der Nacht mit seinem Lancia, einem Ullstein-Geschenk, Deutschland in Richtung Schweiz verließ. Im Mai 1933 wurden seine Bücher verbrannt, und noch im gleichen Monat fiel auf Remarques Grundstück in Porto Ronco der junge jüdische Journalist Felix Manuel Mendelssohn vermutlich einem Attentat zum Opfer, über das Thomas Mann in seinem Tagebuch unter dem 8. Mai 1933 berichtet:

> Neues über die Scheußlichkeiten und Moritaten in Deutschland u. sogar außerhalb. Der tötlich [sic] »verunglückte« junge Mendelssohn, den man wahrscheinlich für Remarque gehalten.[27]

Parallel versuchte Goebbels erneut, den populären, nichtjüdischen Autor durch Emissäre dazu zu bewegen, »heim ins Reich« zu kommen und die Verantwortung für *Im Westen nichts Neues* dem inzwischen »arisierten« Ullstein-Konzern anzulasten. Remarque lehnte ab.

Wiederum geriet Remarque in eine schwere Krise: Bezeichnenderweise war der neue Roman mit dem Titel *Pat*, der die

Schwierigkeiten der ehemaligen Weltkriegssoldaten in der nachinflationären Weimarer Republik schildern sollte, in einer ersten Fassung am 30. Januar 1933 abgeschlossen.[28] Remarque brauchte nach den Ereignissen des Jahres 1933 weitere drei Jahre, um *Pat* in *Drei Kameraden* umzuarbeiten. Diese Umarbeitung macht besonders deutlich, welche Auswirkungen die gesellschaftlich-politischen Ereignisse und Veränderungen in Deutschland auf Remarques Denken und Wirken hatten: Aus dem nichtpolitisch motivierten Unfalltod Gottfried Lenz' – eines der *Drei Kameraden* – in *Pat* wird in der 1936/37 publizierten endgültigen Fassung des Textes ein politischer Mord im Anschluß an eine Wahlveranstaltung der Nationalsozialisten. Und: Remarque schließt hieran das Motiv der individuellen Rache an, das in den folgenden Exil-Romanen *Liebe Deinen Nächsten* (1939/41) und *Arc de Triomphe* (1945) von wesentlicher Bedeutung für die Hauptfiguren wird. Die staatlichen Institutionen in Deutschland wie in den Exilländern haben in diesen Romanen vor allem moralisch ihre Legitimation auf das Gewaltmonopol des Staates verloren. Den Verfolgten Europas bleibt trotz aller humanistischer Grundeinstellung nur übrig, ihr Recht selbst in die Hand zu nehmen. Remarque in einer unpublizierten Notiz zu *Liebe Deinen Nächsten* um 1940:

> [...] es sind nur menschliche Gesichtspunkte, die diesem Buche zugrunde liegen. Daß hier und da Politik gestreift wurde, ist aus dem Inhalt zu verstehen, daß es manchmal nicht freundlich ist, liegt im Schicksal der Menschen, die dargestellt sind. Wenn das Buch dazu beiträgt, die Aufmerksamkeit zu steigern und das Schicksal der Unschuldigen zu mildern, die Opfer wurden, hat es seinen Zweck erfüllt – Künstlerische Prätentionen hat es nicht.[29]

III

Am 15. Mai 1942 wandten sich sechs namhafte exilierte Schriftsteller und Intellektuelle brieflich aus Los Angeles an den ebenso namhaften amerikanischen Schriftsteller Upton Sinclair mit der Bitte, mittellose deutsche und österreichische Emigranten durch eine monatliche Spende von 25 Dollar zu unterstützen. Die sechs Unterzeichner handelten im Auftrag des European Film Fund, der 1938 von finanziell weitgehend unabhängigen Emigranten gegründet worden war, sich für die Erteilung von Visa, den Abschluß von Verträgen in der Filmindustrie Hollywoods für verfolgte Schriftsteller einsetzte und vor allem mittellose Emigranten und deren Familien durch Darlehen unterstützte.[30] Einer der Grundsätze der Arbeit des European Film Fund war die Anonymität der Geldgeber, und so stand im Brief an Upton Sinclair ebenfalls dieses Prinzip im Vordergrund: »Nicht hervorgehoben werden muß, daß die betroffenen Schriftsteller [für die gespendet werden sollte] keine Kenntnis von diesem Brief haben.«[31] Die Unterzeichner des Briefes: Bruno Frank (dessen Frau Elisabeth zusammen mit Charlotte Dieterle zu den Motoren des Funds zählte), Lion Feuchtwanger, Max Horkheimer, Thomas Mann, Franz Werfel und Erich Maria Remarque. Eine Reaktion Upton Sinclairs ist bis heute nicht bekannt, doch ist die Art und Weise, in der Remarque hier zusammen mit anderen prominenten Emigranten für die Unterstützung von in Not geratenen Verfolgten eintrat, charakteristisch für sein Verhalten während des Exils: anonym und effektiv.

Bereits Anfang 1933 öffnete Remarque seine Villa in Porto Ronco, um aus Deutschland Flüchtenden einen ersten sicheren Aufenthalt zu gewähren, so z.B. dem heute fast völlig vergessenen Schriftsteller Hans Sochaczewer.[32] Zusammen mit Else Lasker-Schüler half er Verfolgten, auch illegal in der

Schweiz Zuflucht zu finden, bis eine Möglichkeit zur Weiterreise gefunden war.[33] Remarques Tagebücher dieser Zeit sind voll von kurzen Notizen über Emigranten, die Remarque aufsuchten, ihm ihre persönliche Fluchtgeschichte – z. T. aus Konzentrationslagern – erzählten und schließlich, von ihm finanziell unterstützt, weiterzogen.

Remarque hatte sich längst von einem deutschen zu einem internationalen Schriftsteller gewandelt, dem sein Publikum nur zum Teil verlorengegangen war. Die weltweiten Tantiemen machten ihn finanziell unabhängig. Diese Umorientierung vor allem auf den angloamerikanischen Literaturmarkt brachte jedoch keinen Themenwechsel mit sich. Im Mittelpunkt seiner Arbeit stand trotz des Verlustes eines direkten Kontaktes weiterhin Deutschland, die deutsche Geschichte und das Schicksal und Verhalten der Deutschen, innerhalb und außerhalb ihres Staates. Und auch in dieser Lage versuchte er, seine Unabhängigkeit zu bewahren.

Während des Exils, zunächst in der Schweiz und in Frankreich, ab September 1939 in den USA, schloß sich Remarque keiner der zahlreichen Emigrantenvereinigungen an und verfaßte auch keine publizierten politischen Kommentare. Seine Auftritte auf den Exil-Kongressen im Juni 1935 in Paris und im Mai 1939 in New York[34] blieben ohne große öffentliche Resonanz. Die Ausbürgerung aus dem Deutschen Reich kommentierte er in seinem Tagebuch unter dem 8. Juli 1938 eher lakonisch und mit Ironie:

> Nachmittags Anruf aus London: ich sei auf der letzten Ausbürgerungsliste. Na, wenn schon! Höchstens praktisch, man wird beim nächsten Krieg nicht sofort interniert.[35]

Auf einer späteren Liste[36] stand auch Remarques geschiedene Frau Ilse Jutta Zambona, die nun als Staatenlose ohne gültigen Paß aus der Schweiz ausgewiesen zu werden drohte. Remarque, der wegen seiner Popularität von Ausweisung relativ unbedroht war, heiratete sie 1938 ein zweites Mal, um dieser Gefahr zu begegnen, und verschaffte sich und ihr einen Paß der Republik Panama.[37]

Doch wäre ein Portrait dieses Erich Maria Remarque im Exil unvollständig, würde man unerwähnt lassen, daß er sich zu diesem Zeitpunkt mit dem Marlene Dietrich-Clan im mondänen Cap d'Antibes aufhielt und die Beziehung zu Marlene Dietrich – wie durch die diversen Dietrich-Biographien hinreichend bekannt[38] – fast seine ganze Konzentration und Energie in Anspruch nahm, worunter die schriftstellerische Tätigkeit erheblich litt. Er folgte mehr Marlene Dietrich nach Hollywood, als daß er vor dem drohenden Krieg mit dem letzten Passagierschiff aus Europa, der »Queen Mary«, Ende August 1939 in die USA flüchtete. Erst 1942 schaffte er es, sich von ihr durch den Umzug von Los Angeles nach New York zu lösen, um dort sofort wieder in eine wohl ebenso anstrengende und kreativitätshemmende neue Beziehung zu geraten.

Eher widerwillig und mit der Befürchtung, seine Unabhängigkeit ausgerechnet an eine staatliche Institution und mehr noch, an den amerikanischen Geheimdienst Office of Strategic Services (OSS) verlieren zu können, ging er schließlich 1944 in New York auf die Vorschläge der amerikanischen Regierung ein, aktiv gegen den Nationalsozialismus zu arbeiten. Zuvor hatte es bereits seit 1943 verschiedene Versuche, auch des US-Vizepräsidenten Wallace, gegeben, Remarque für eine direkte Propaganda zu gewinnen, wie z. B. Marlene Dietrich sie in Europa mit ihren Auftritten vor Soldaten durchführte. Remarque widerstrebte es jedoch, sich einer politischen oder gar militärischen Organisation anzuschließen.

Das Resultat der Arbeit für den Geheimdienst OSS, die Denkschrift *Praktische Erziehungsarbeit in Deutschland nach dem Krieg* (S. 66–83), faßte Remarques frühere

Überzeugungen (wie z. B. seine Militarismuskritik) zusammen und modifizierte sie im Hinblick auf eine mögliche Umerziehungs- und vor allem Aufklärungsarbeit an den »brauchbaren« Deutschen. Wie schon bei *Im Westen nichts Neues* sah Remarque in dieser Schrift die wesentliche Ursache für den Nationalsozialismus im deutschen, preußischen Militarismus, der mit seinem Befehl-Gehorsam-Denken individuelle Verantwortung und moralisch motivierte Entscheidungen nicht zulasse und gleichzeitig als probates Mittel zur Entschuldung von im »Befehlsnotstand« verübten Verbrechen diene. Doch war diese Denkschrift für Remarque im September 1944 lediglich »etwas, wovon jeder Schneider heute redet und schreibt«[39], eine recht bedeutungslose, realitätsferne Gedankenspielerei. Seine anonyme und individuelle Unterstützung für die konkreten Opfer des Nationalsozialismus setzte er dagegen auch nach dem Kriegsende fort. Diese Unterstützung war häufig anonym. Dem im amerikanischen Exil völlig verarmten und vereinsamten expressionistischen Schriftsteller Albert Ehrenstein half Remarque bis zu dessen Tod, was selbst Ehrenstein-Biographen bis heute verborgen geblieben ist. Ein Tagebucheintrag 1950:

> [Albert] Ehrenstein gestorben; Bank schrieb es, da der Monatsscheck zurückgekommen war.[40]

IV

»Remarque will Nazis Kriegsschuld klarmachen« titelte die *Los Angeles Times* am 10. Februar 1946[41], vergleichbare Meldungen erschienen am selben Tag in anderen amerikanischen Zeitungen. Zum ersten Mal hatte Remarque sich in politischen Fragen direkt mittels einer Pressekonferenz an die Öffentlichkeit gewandt und seiner Sorge über die Entwicklung im Nachkriegsdeutschland Ausdruck gegeben. Eineinhalb Jahre nach der Fertigstellung der Denkschrift *Praktische Erziehungsarbeit* machte er seine Vorstellungen und Einschätzungen über die Deutschen publik – Zeichen einer tiefgreifenden Wandlung im Selbstverständnis des Autors.

Mit dem Kriegsende erhielt auch Remarque Nachrichten über das Vorgehen Deutscher im Krieg, die ihn nicht nur zutiefst erschütterten, sondern auch auslösender Impuls für sein politisches Werk der 50er Jahre werden sollten. Die Berichterstattung über die befreiten Konzentrationslager in den amerikanischen Medien kommentierte er bereits mit »Das Volk der Dichter und Denker, das es niemals war, – das Volk der Mörder und Henker« – allerdings nur im Tagebuch.[42] Erst Anfang Juni 1946 erhielt Remarque schließlich die Mitteilung, die vermutlich unmittelbarer Auslöser für die Thematik des Werkes in den 50er Jahren sein sollte: die Nachricht vom zweieinhalb Jahre zurückliegenden Tod seiner Schwester, die denunziert, wegen »Wehrkraftzersetzung« angeklagt, vom »Volksgerichtshof« zum Tode verurteilt und am 16. Dezember 1943 mit dem Handbeil hingerichtet worden war. Der Vorsitzende Richter Roland Freisler, dessen Witwe zur Empörung nicht nur Remarques nach dem Krieg eine stattliche Pension erhielt, soll in der Verhandlung gesagt haben: »Ihr Bruder ist uns entwischt, Sie aber werden uns nicht entwischen«.[43]

Remarque stellte sein Werk in den folgenden 50er Jahren nun unter den Aspekt der Aufklärung und Erinnerungsarbeit, gegen das Vergessen. Die eher unverbindlich formulierten Gedanken der Denkschrift von 1944 wurden zum schriftstellerischen Programm, kenntlich schon an den Themen der Romane.

Der Roman *Der Funke Leben* (1952) schilderte die Verbrechen des Nationalsozialismus anhand eines Konzentrationslagers, der Folgeroman *Zeit zu leben und Zeit zu sterben* (1954) zeigte die Verbrechen der deutschen Wehrmacht an der Ostfront und diskutierte am Beispiel des Heimaturlaubers Ernst Graeber die Verantwortlichkeit des einzelnen im und am Krieg. *Der schwarze Obelisk* (1956) schließlich präsentierte das Panorama einer deutschen Kleinstadt zur Zeit der Inflation mit den ersten Anzeichen für den Nationalsozialismus im Kleinbürgertum, verbunden mit der Warnung, Mitte der fünfziger Jahre habe sich nichts geändert:

> Die Welt liegt wieder im fahlen Licht der Apokalypse, der Geruch des Blutes und der Staub der letzten Zerstörung sind noch nicht verflogen, und schon arbeiten Laboratorien und Fabriken aufs neue mit Hochdruck daran, den Frieden zu erhalten durch die Erfindung von Waffen, mit denen man den ganzen Erdball sprengen kann. – Den Frieden der Welt! Nie ist mehr darüber geredet und nie weniger dafür getan worden als in unserer Zeit.[44]

Fügt man den Romanen das Theaterstück *Die letzte Station* (1956) hinzu, das in Berlin am 30. April und 1. Mai 1945 spielt, sowie das Drehbuch für den Film *Der letzte Akt* (1955), der Hitlers letzte Tage im Führerbunker der Reichskanzlei schildert, ergibt sich auch heute noch ein vielfältiges Zeugnis für Remarques Arbeiten im Sinne einer Aufklärung und Umerziehung der Deutschen mit seinen ureigenen Mitteln: der schriftstellerischen Tätigkeit. Unterstützt und begleitet wurde dieses Programm durch einige essayistische Texte wie die Vorworte zu *Der Funke Leben* (S. 91–95) sowie *Seid wachsam*! (S. 96–101) und *Das Auge ist ein starker Verführer* (S. 102–106).

Remarques Ziele gingen bei all diesen Schriften über eine mahnende, vielleicht auch moralisierende Schilderung der NS-Zeit weit hinaus. Die Romane sind nicht nur, wie viele Interpreten glauben machen möchten, historisierende Darstellungen der deutschen Vergangenheit, die einem »Nicht-

Dabeigewesenen« in den Augen zeitgenössischer Kritiker nicht erlaubt waren. Seine Romane waren eingebunden in die Zeit ihrer Veröffentlichung, der frühen 50er Jahre, und sie zielten auf das Publikum dieser Zeit. Remarques Interesse galt hier, wie schon in *Im Westen nichts Neues*, nicht der detailgenauen Wiedergabe historischer Ereignisse, sondern dem allgemeingültigen Beispiel, das auf historischen Fakten fußt und dennoch über deren Einzigartigkeit hinausweist. Seine Themen waren die Frage der Erinnerung und das Problem der Wahrung der Menschenwürde in Extremsituationen.

Remarque war davon überzeugt, daß Erinnerung dazu tendiert, Vergangenes zu verfälschen, und daß deshalb der Wille in den Menschen geweckt werden müsse, zu erfahren, »wie es wirklich war«; ein Wille, der notwendig zu der Erkenntnis eigenen, persönlichen Fehlverhaltens und seiner Korrektur führen müsse. Remarque beobachtete bei seinen Deutschlandbesuchen ab 1952 die Verdrängungsversuche der Deutschen und erfuhr sie in den Konflikten mit seinen Schweizer und deutschen Verlegern auch persönlich. In den Tagebuchnotizen spiegelt sich seine entsetzte Reaktion. Berlin, Juli 1952:

> Wie unter Wasser. Völlig fremde Wesen. Zombies, aber aufmerksam, witternd. Keine Verbindung. Etwas Fremdes, das sich auf fremder Bühne abspielt. Alles wie in einer Art Traum: jede Anrede, auch vom Hotelpersonal, als wäre es nicht wahr, alles nicht, – der Ton nicht, der Mensch nicht, – als würde es sich gleich verwandeln oder verschwinden, kein Empfinden von Menschlichkeit, Wärme, Echtheit, – alles abgetrennt, wie auf einer Bühne und keiner guten. [...] Ein Start ohne Illusionen. Nacktes Leben. Funktionen. Der Druck der Gefahr. Die Blicke nach oben, wenn ein Flugzeug dröhnt. Ob es schon wieder Bomben bringe.[45]

Remarque war der Überzeugung, man müsse die Menschen und vor allem die Deutschen über die eigene Geschichte unterrichten und aufklären, um eine Wiederholung zu vermeiden:

> Die Menschen müssen sehen und hören, was einzelnen geschieht, weil ihre Vorstellungskraft den allgemeinen Fakten nicht gerecht wird; sie kann nicht zählen. Eine Katastrophe fordert fünf Millionen Opfer, und das bedeutet nichts – die Zahl ist leer.
> Aber wenn ich Ihnen einen einzigen Menschen in seiner Vollkommenheit zeige, sein Vertrauen, seine Hoffnungen und seine Schwierigkeiten, und Ihnen dann zeige, wie er stirbt, ist das für immer in Ihr Gedächtnis eingeschrieben.[46]

Remarque hat sich in seinen Werken der frühen 50er Jahre an diesem Thema abgearbeitet: einzelne Menschen in Extremsituationen zu zeigen, in ihrem Versuch, das, was man vielleicht als »Würde«, »Selbstachtung« oder »Individualität« bezeichnen könnte, zu bewahren. Und eine fundamentale Bedingung für diese Würde war für Remarque die eigene persönliche Geschichte, die mit der Erinnerung zusammenfällt. In *Der Funke Leben* kontrastierte er das Bemühen des »Skeletts 509«, das seinen Namen vergessen hat, diese Würde wiederzugewinnen, mit der Geschichte des KZ-Kommandanten Neubauer, der seine eigene Geschichte mehr und mehr verfälscht und seine Taten dadurch zu rechtfertigen sucht. *Zeit zu leben und Zeit zu sterben* ist der Bericht über den Versuch des einfachen Soldaten Ernst Graeber, in einer inhumanen Zeit zu einer persönlichen und individuellen humanen Position zu gelangen – nicht sich von Schuld zu befreien, sondern diese Schuld (der Mitwirkung an den Verbrechen der Wehrmacht) zu akzeptieren und einzugestehen, um nicht tiefer in sie verstrickt zu werden. Graeber scheitert schließlich mit seinem Bemühen, weil er nicht gewillt oder in der Lage ist, diesen Weg konsequent bis zum Ende zu gehen und sich den russischen Kämpfern gegen die deutsche Wehrmacht anzuschließen. Und *Die letzte Station* berichtet davon, wie ein SS-Mann seine Geschichte radikal vertuschen will, indem er mit einem KZ-Häftling die Kleidung und damit die Biographie tauschen will. *Der Funke Leben*, *Zeit zu leben und Zeit zu sterben* und *Die letzte Station* sind Schriften über das Bewahren und Wiedergewinnen der Würde, die nicht durch äußere Einflüsse, sondern nur durch den Menschen selbst zerstört oder bewahrt werden kann.

Auf dem Höhepunkt des Kalten Krieges, der Integration der Bundesrepublik in das westliche Bündnis und der damit verbundenen Wiederbewaffnung beging Remarque mit diesen Themen eine Tabu-Verletzung und provozierte Reaktionen, mit denen er selbst wohl nicht gerechnet hatte. Der Schweizer Verleger Alfred Scherz weigerte sich, *Der Funke Leben* als Buch über ein Konzentrationslager zu veröffentlichen. »Haben Sie sich aber einmal reiflich überlegt«, schrieb Scherz als Begründung am 20. Juli 1951 an Remarque,

> welche Wirkung – gerade jetzt – eine deutsche Ausgabe in der Schweiz und namentlich in Deutschland haben wird? [...] Mir fehlt es nicht an Mut [...], aber wenn wir »Ein Funke Leben« im Herbst [1951] oder selbst im Frühjahr erscheinen lassen, setzen Sie und wir uns der Gefahr aus, daß eine Flut von Angriffen auf Sie und uns erfolgt, die zu einem Boykott nicht nur dieses Buches, sondern *aller* Ihrer Werke und unserer Verlage führen würde, wodurch Ihr neues Buch auch jeglicher Wirkung beraubt würde.[47]

Scherz' Einschätzung wurde in dieser Radikalität nicht bestätigt, nachdem das Buch ein Jahr später auf Initiative des Verlegers Joseph Caspar Witsch, der ebenfalls eine heftige Diskussion voraussah, aber als notwendig und verkaufsfördernd einschätzte, im Kölner Kiepenheuer & Witsch Verlag erschienen war. Doch sah sich Remarque einer überwiegend negativen Reaktion der bundesdeutschen Kritik gegenüber. Als »Nicht-Dabeigewesener«, seit 1946 amerikanischer Staatsbürger, habe der Autor keinerlei Legitimation, über Deutsche zu schreiben und ihnen gar noch Schuld zuzuweisen oder Unterlassungen anzukreiden. »Wir haben nicht auf Herrn Remarque gewartet« lautete der Tenor, in den bezeichnenderweise die Kritiker, die selbst Inhaftierte in Konzentrationslagern gewesen waren, nicht einstimmten. Remarques Buch wurde – zu Recht – als Angriff auf die »innere Aussöhnung« des deutschen Volkes verstanden, als Angriff auf das Bedürfnis, die Geschichte zur Ruhe kommen zu lassen oder auch in dem Sinne zu »bewältigen«, daß man sie vergessen kann und auch vergißt.

Aber auch für politisch linksstehende Kritiker hatte Remarque gefehlt: In *Der Funke Leben* wurde kein Hohelied des deutschen Widerstandes gesungen, der Autor hinterfragte gerade diesen kompromißlosen Widerstand, der notwendigerweise ein – vereinfachendes – Feindbild voraussetzt, indem er auch die nationalsozialistischen Täter schilderte, ihre Verhaltensweisen zu ergründen und zu verstehen suchte. In der DDR und im sozialistischen »Ostblock« ist *Der Funke Leben* nie erschienen. Letztendlich gilt bis heute – und dies ist auch eine Frage der Gestaltung von Erinnerung – für *Der Funke Leben* in der Kritik jenes allgemeine Urteil, das *Der Spiegel* 1952 in seiner gewohnt plakativen Art wie folgt formulierte:

> KZ-Gemälde eines Nicht-dabei-gewesenen für Nicht-dabei-gewesene. Klischees aus der Retorte, von einem Schriftsteller zusammengesetzt, der beschreiben kann, wenn er erlebt hat.[48]

Die nächste Tabu-Verletzung Remarques, der Roman über den Zweiten Weltkrieg, *Zeit zu leben und Zeit zu sterben*, stieß dementsprechend in der Bundesrepublik auf heftigen Widerstand. Auch fühlte sich der Verleger Witsch gezwungen, diesen Roman zu entschärfen und ihn den Erfordernissen des bundesdeutschen geistigen Klimas durch »Änderungen« anzupassen. Witsch begründete in seinem Brief an Remarque vom 24. März 1954 dieses Vorgehen gegenüber dem Autor mit dessen vermeintlichen sachlichen Fehlern:

> Mit solchen Kleinigkeiten wirft man der Kritik, vor allen Dingen der böswilligen Kritik, mit der wir nach *Funke Leben* in vielen Organen rechnen müssen, die schönsten Köder vor.[49]

Und deutlicher:

> Ein anderer Einwand richtet sich gegen die Figur des Kommunisten Immermann, der doch im ganzen gesehen der einzige ist, der von vornherein die Situation klar erkennt. Ich glaube, man kann heute in Deutschland diese positive Beurteilung eines Kommunisten nicht ohne Gefahr für das Buch bestehen lassen.

Offensichtlicher konnte es für Remarque nicht werden, daß die Gegenwart die Erinnerung beeinflußt und verfälscht. Aus dem Kommunisten Immermann wurde in der deutschen Ausgabe des Romans *Zeit zu leben und Zeit zu sterben* der Sozialdemokrat Immermann, der in der Bundesrepublik um so willkommener wirken mußte. Remarque wurde in den Kalten Krieg eingespannt, obwohl er hinter dem Etikett »Kommunist« – oder auch hinter jeder anderen generalisierenden Klassifizierung – den Menschen zu sehen vermochte. Er kommentierte in seinem Tagebuch:

> Nachricht von Kiepenheuer über vorgeschlagene Änderungen in T.t.l. [*Time to love*, das ist *Zeit zu leben und Zeit zu sterben*]: wollen die Wehrmacht hochhalten; einen (klar sehenden) Kommunisten in einen Soz[ial] Demokraten verwandeln; möchten letzten 3 Kapitel rausnehmen u. so was. Der Ton des Lehrers u. das irgendwo: Sie waren ja nicht dabei; es war doch anders, (u. nicht ganz so schlimm).[50]

Mit »schweigendem Ekel«[51] akzeptierte Remarque schließlich die »Änderungen«, um sicherzustellen, daß der Roman in Deutschland überhaupt erscheinen konnte.[52] In der deutschen Ausgabe von *Der Funke Leben* war dagegen nur eine »Änderung« zu verzeichnen: Die Widmung Remarques an seine hingerichtete Schwester fehlte. Was im Nachhinein als Marginalie erscheinen mag, war ein deutliches Zeichen gewesen für Remarques Präzision der Formulierung und die Bedeutung der Erinnerung in seinem Denken: Statt »Für Elfriede« oder ähnlichem lautete sie »Zur Erinnerung an meine Schwester Elfriede«.[53]

V

Unter den in diesem Band gesammelten Schriften und Interviews findet sich auch das Transkript eines Fernseh-Interviews, das auf den ersten Blick keinerlei politische Aussagen enthält: *Das Profil* (S. 118–133). Doch ist dem Text das dazugehörige Bild hinzuzufügen: Einem kettenrauchenden, offensichtlich nervösen Friedrich Luft sitzt ein ruhiger, sehr gelassener, mit Bedacht formulierender Erich Maria Remarque gegenüber. Friedrich Lufts Fragen ist das Bemühen anzumerken, den »Bestseller«-Autor bloßzustellen, zu desavouieren, seine Literatur als zweitrangig, beeinflußt von Hemingway und von Lektoren redigiert, abzuwerten. Remarque reagiert auf diese Angriffe mit einem Lächeln, und er kontert, indem er seinerseits, allerdings nur für Kenner ersichtlich, Friedrich Luft bloßstellt. Remarque kolportiert die Legenden um seine Person, um die Entstehung von *Im Westen nichts Neues* (»mein erstes Buch«) und dessen Entstehungsweise (»nicht bearbeitet«) und verkürzt den Entstehungszeitraum nunmehr radikal von sechs auf vier Wochen. Eine andere, nebensächlich erscheinende Bemerkung kennzeichnet dagegen Remarques Selbstverständnis zu Beginn der 60er Jahre. Befragt nach der Situation der zeitgenössischen deutschen Literatur, bemerkt er:

> Sehen Sie, die augenblicklichen deutschen Schriftsteller haben eigentlich eine einzigartige Situation: Die Generation vorher, die existierte, zu der ich mich auch zähle, ist nicht mehr da. Sie ist auch nie ganz richtig nach Deutschland wieder zurückgekommen, nachdem sie ausgewandert ist. (S. 129–130)

Über den sarkastischen Euphemismus »ausgewandert« statt »vertrieben« oder »geflüchtet« hinaus verdeutlicht diese kurze Bemerkung die Entfremdung von den Deutschen, die Remarque schon Anfang der 50er Jahre erkannt hatte. Hinzugekommen ist jetzt, zehn Jahre später, eine gewisse Resignation, der das Kämpferische gewichen ist: Er selbst, Remarque, ist in Deutschland »nicht mehr da«.
Bereits 1953 tauchten in Remarques Tagebüchern erste Zweifel am Erfolg seiner im Dienst der Aufklärung und Vernunft stehenden Arbeit auf:

> Zeitungen. Werde ich älter? Vernünftiger. Ungeduldiger? Kann es nicht mehr ertragen manchmal. Die Aussichtslosigkeit der Vernunft. Der Sieg, nicht nur der Dummheit, – der Reaktion, und des Egoismus, und der primitivsten Form, überall unter der Maske des Fortschritts, der Wahrheit, der Menschlichkeit. Hypokrit! Hypokrit![54]

Ende der 50er Jahre kehrte Remarque zu seinen schriftstellerischen Anfängen zurück. *Der Himmel kennt keine Günstlinge* (1959/61) war eine kaum verschleierte Weiterentwicklung des Fortsetzungsromans *Station am Horizont* (1927/28). Mit *Die Nacht von Lissabon* (1961/62) und schließlich *Schatten im Paradies* (postum 1971) knüpfte er an die früheren Exilromane *Liebe Deinen Nächsten* und *Arc de Triomphe* an und vollendete seine Chronik des deutschsprachigen Exils von den Anfängen in den frühen 30er Jahren in Österreich, der Schweiz und Tschechoslowakei bis zum Kriegsende in den USA. Diese Rückkehr mutet wie eine Resignation an; im Vergleich mit der starken Produktivität der frühen 50er Jahre erscheint sie wie die Aufgabe des Versuchs, mit dem schriftstellerischen Werk direkt in die politische Meinungsbildung und Diskussion einzugreifen. Und mit kaum verhohlener Ironie bezeichnete Remarque *Der Himmel kennt keine Günstlinge* gegenüber seinem Verleger als ein »Hauptwerk«.[55]

Zweifellos beinhalteten auch diese letzten Romane politische Stellungnahmen, die jedoch nicht, wie in den frühen 50er Jahren, gegen Konventionen oder Tabus verstießen. Daß bestimmte Themen von ihm als Emigrant in Deutschland nicht durchsetzbar waren, hatte er eindringlich erfahren müssen. Remarque hatte in den 50er Jahren mit großer Präzision genau auf die Fragen gezielt, deren Beantwortung das Selbstverständnis der Deutschen vielleicht hätte in Frage stellen können. Und wie bei *Im Westen nichts Neues* wurde ihm vorgeworfen, er habe aus seiner beschränkten Perspektive den Sinn oder Gehalt des historischen Ganzen nicht überblicken oder beurteilen können. Remarque wurde sein Humanismus gegönnt, zur Beantwortung der Fragen seien jedoch nur jene befähigt, die in Entscheidungspositionen saßen und sich wohl stets zu rechtfertigen wissen. Den »militanten Pazifisten« Remarque hatte man in der Bundesrepublik nicht wahrgenommen oder wollte ihn nicht wahrnehmen. Die Kritik zu Hans Fricks Roman *Breinitzer oder die andere Schuld* (S. 134–137) war für Remarques veränderte Haltung in den 60er Jahren charakteristisch. Sein Bemühen, von »außen«, als Emigrant, in die Aufarbeitung der deutschen Geschichte durch die Deutschen selbst einzugreifen, hatte er nunmehr ersetzt durch die Hoffnung und das Vertrauen in eine neue Schriftstellergeneration.

Der Autor beschränkte sich daher in seinen letzten Lebensjahren auf Aussagen in Interviews, in denen er auf seinen allgemeinen Humanismus verwies und einzelne politische Mißstände, insbesondere die Frage der Rehabilitation der NS-Täter betreffend, kritisierte. Zu den »größeren und kleineren Ironien« seines Lebens (S. 138–143) gehörte, daß sich die Bundesrepublik auch nach dreißig Jahren nicht in der Lage sah, die vom Dritten Reich verfügten Ausbürgerungen rückgängig zu machen, als eine symbolische Geste an die Emigranten. Remarque betrachtete sich daher, nicht ohne Sarkasmus, als weiterhin Ausgestoßener, unerwünscht, »vogelfrei«. Eine direkte Verbindung zwischen diesen Bemerkungen und dem schriftstellerischen Werk ist allerdings nicht mehr festzustellen. Alle Aussagen dieser Zeit haben den Charakter von Rückblicken, von abschließenden Bewertungen eines Lebenswerkes.

> Ich dachte manchmal auch darüber nach, daß ich in Amerika hätte bleiben können, wenn ich vorher gewußt hätte, was in Europa auf mich wartete. Doch das waren Gedanken wie der Wind, sie wurden weder zu Tränen noch zu Verzweiflung, denn ich wußte, daß das eine nicht ohne das andere möglich gewesen war, und danach ging eben das andere auch nicht mehr. Man kann nicht zurückkehren, nichts steht still, weder man selbst noch der andere. Alles, was übrigblieb, war manchmal ein Abend voll Schwermut, die Schwermut, die jeder Mensch fühlt, weil alles vergeht und er das einzige Tier ist, das es weiß und das ebenso weiß, daß das ein Trost ist, obschon es ihn nicht versteht.[56]

* * *

Dieser Band bietet im folgenden eine Auswahl von z. T. bislang unveröffentlichten, im wesentlichen aber unbekannten Schriften und Interviews aus dem Zeitraum 1929 bis 1966. Diese Texte stellen eine Ergänzung und keineswegs einen Kommentar oder gar eine Erläuterung zu den Romanen dar; denn Remarque war der Überzeugung, wenn ein Autor das

»letzte Wort« eines Buches geschrieben habe, solle er auch das »letzte Wort« darüber gesagt haben. Die Auswahl der Texte wurde unter dem Gesichtspunkt zusammengestellt, einen Einblick in das Denken und die Ziele Remarques während der verschiedenen Lebensabschnitte zu geben und damit vielleicht einige Mißverständnisse zu korrigieren; einen – bislang nicht allzu häufig gewagten – Blick zu werfen auf den »notwendigen Optimismus des Pessimisten«.[57]

Thomas F. Schneider

Osnabrück, im Juni und Juli 1993

Anmerkungen

Diese Arbeit entstand im Rahmen eines Forschungsprojektes zur »Entstehung und Rezeption von Erich Maria Remarques *Im Westen nichts Neues*«, das durch ein Postdoktorandenstipendium der Deutschen Forschungsgemeinschaft gefördert wird. Ich danke der DFG an dieser Stelle herzlich für die gewährte Unterstützung.
Mein Dank gilt darüber hinaus Frau Angelika Howind, die an der Vorbereitung dieses Bandes beteiligt war, sowie Claudia Glunz, Dieter Voigt und Tilman Westphalen für ihr Interesse und ihre Beratung.

1 Zur Diskussion um Buch und Film *Im Westen nichts Neues* in der Weimarer Republik und Österreich siehe die von Bärbel Schrader herausgegebene Sammlung: *Der Fall Remarque. Im Westen nichts Neues. Eine Dokumentation*. Leipzig: Reclam, 1992 (R 1433), zum Filmverbot siehe S. 152–182.

2 Berichte über die Kundgebung erschienen unter dem Titel »Remarque zum Remarquefilm-Verbot« in *Licht Bild Bühne* (Ber-

lin), 27.01.1931, und unter dem Titel »Remarque und die Wirklichkeit« in der *Berliner Tageszeitung*, 03.02.1931. Zitiert nach *Berliner Tageszeitung*.

3 Ebd.

4 Ebd.

5 *Licht Bild Bühne* (Berlin), 27.01.1931.

6 In *Die Literarische Welt* (Berlin), Jg. 5 (1929), Nr. 24 (14.06.1929), S. 1–2. Die in diesem Band abgedruckten Texte werden im folgenden im Text unter Angabe der Seitenzahlen zitiert.

7 Siehe Martin Stoß, »Die Tragödie Remarque«. *Die Tat* (Jena), März 1929, S. 934–937.

8 Siehe zum folgenden ausführlich: Thomas Schneider, »Es ist ein Buch ohne Tendenz – *Im Westen nichts Neues*: Autor- und Textsystem im Rahmen eines Konstitutions- und Wirkungsmodells für Literatur«. *Krieg und Literatur/War and Literature* I (1989), No. 1, S. 23–40.

9 So eine erste Fassung des Vorspruchs zu *Im Westen nichts Neues*; siehe das Manuskript im Nachlaß Remarques, Remarque-Collection, Fales Library, New York University (R-C) 1.6/002.

10 J.E., »Nichts Neues im Westen [Ankündigung des Vorabdrucks]«. *Vossische Zeitung* (Berlin), 08.11.1928, S. 1.

11 Karl Hugo Sclutius, »Pazifistische Kriegspropaganda«. *Die Weltbühne* (Berlin), 1929, Heft 14 (02.04.1929), S. 517–522.

12 Joseph Goebbels, »In die Knie gezwungen«. *Der Angriff* (Berlin), 12.12.1930.

13 Carl von Ossietzky, »Der Fall Remarque«. *Die Weltbühne* (Berlin), 1932, Heft 15 (12.04.1932), S. 548–550.

14 Siehe Mynona (d.i. Salomo Friedlaender), *Hat Erich Maria Remarque wirklich gelebt? Der Mann. Das Werk. Der Genius. 1000 Worte Remarque*. Berlin: Paul Steegemann, 1929; bes. S. 252.

15 Siehe Mynona, a.a.O., bes. S. 254, sowie die im Nachlaß erhaltenen Briefe Hugo von Buchwalds an Remarque vor allem aus dem Jahr 1932 in R-C 3B.48/001–004.

16 Erich Maria Remarque, »Über das Mixen kostbarer Schnäpse«. *Störtebeker* (Hannover), 1924, Heft 2, S. 37–39.

17 So noch Rudolf Walter Leonhard in *Die Zeit* (Hamburg), 19.03.1993, S. 73.
18 Vgl. zu Remarques Front- und Lazarettaufenthalt ausführlich: Hanns-Gerd Rabe, »Soldat Remark«. *Heimatjahrbuch 1976 für Osnabrück – Stadt und Land* (Osnabrück), 1976, S. 95–97.
19 Tagebuch-Eintrag vom 24.08.1918; R-C 4A.1/001.
20 Ebd.
21 Vgl. die Briefe an Georg Middendorff vom 26.09. und November 1917 sowie vom 10.01.1918.
22 Eine Ausnahme ist eine Bemerkung in einer Rezension zu einer Osnabrücker Aufführung von Gustav Mahlers 4. Symphonie (E.R. »Theater, Konzerte. 1 Hauptkonzert des Musikvereins«. *Osnabrücker Tages-Zeitung*, 27./28.10.1921). Dort heißt es u.a.: »Und dieser gütige Mensch [Mahler] lächelt dann im Schlußteile so herzbezwingend guttraurig, wie es fast nur ein Jude kann, aus der Rastlosigkeit und dem Erdleid seines Volkes heraus, (freßt mich nicht auf, ihr Hakenkreuzer!) und gibt das wunderbehagliche Sopransolo.« Den Hinweis auf diese Textpassage verdanke ich Donald Weiss.
23 *Die Traumbude. Ein Künstlerroman von Erich Remark*. Dresden: Verlag der Schönheit, 1920.
24 Vgl. Brief an Stefan Zweig von 1921; Original in der Zweig Collection, Reed Library, State University of New York, Fredonia College, Fredonia, NY.
25 Brief an Stefan Zweig vom 07.06.1929; Original in der Zweig Collection, a.a.O.
26 *Sport im Bild* – insbesondere die Jahrgänge 1926–1928 – ist der literaturwissenschaftlichen Forschung als Literatur- und Kunstzeitschrift der Weimarer Republik bislang völlig entgangen. Das Erich Maria Remarque-Archiv Osnabrück bereitet zur Zeit ein bibliographisches Verzeichnis als ersten Schritt einer Analyse des Blattes vor.
27 Thomas Mann, *Tagebücher 1933–1934*. Hg. v. Peter de Mendelssohn. Frankfurt/Main: Fischer, 1977, S. 77.
28 Vgl. hierzu Thomas Schneider, »Von Pat zu *Drei Kameraden*. Zur Entstehung des ersten Romans der Exil-Zeit Remarques«. *Erich Maria Remarque Jahrbuch/Yearbook* II (1992), S. 66–77.

29 Vorwort zu *Liebe Deinen Nächsten*, Arbeitsmanuskript; R-C 1.69/009, Blatt 3.

30 Siehe hierzu E. Bond Johnson, »Der European Film Fund und die Exilschriftsteller in Hollywood«. John M. Spalek, Joseph Strelka (Hg.), *Deutsche Exilliteratur seit 1933. 1. Kalifornien. Teil 1.* Bern, München: Francke, 1976, S. 135–146.

31 Zitiert nach Brief an Upton Sinclair, The Lilly Library, University Libraries, Bloomington, Indiana. Im Original englisch, Übers. T.S. Briefe gleichen Inhalts und mit denselben Unterzeichnern gingen an Lewis Browne (Original ebenfalls Lilly Library) und Benjamin W. Huebsch (Original in der Library of Congress).

32 Vgl. dessen Autobiographie: Jose Orabuena, *Im Tale Josaphat. Meine Lebensgeschichte.* Zürich: Thomas-Verlag, 1964, S. 204–205.

33 Vgl. den Briefwechsel mit Else Lasker-Schüler im Nachlaß Remarques; R-C 3B.68.

34 In der Sektion »How can culture survive exile?«.

35 Tagebuch-Eintrag vom 08.07.1928; R-C 4A.5/001.

36 Remarques Ausbürgerung erfolgte am 07.07.1938, Ilse Jutta Zambonas Ausbürgerung als Familienangehörige am 19.11.1938.

37 Zum Schicksal Ilse Jutta Zambonas bei der Einreise in die USA 1939 vgl. die ansonsten z.T. unzuverlässige Studie von Harley U. Taylor, *Erich Maria Remarque. A literary and film biography.* Frankfurt/Main et al.: Peter Lang, 1989, S. 137–146.

38 So u.a. Maria Riva, *Meine Mutter Marlene*. Gütersloh: Bertelsmann, 1992; bes. S. 549–558.

39 Tagebuch-Eintrag vom 27.09.1944; R-C 4A.14/001.

40 Tagebuch-Eintrag vom 19.04.1950; R-C 4A.18/001.

41 »Remarque would bring war guilt home to Nazis«. *Los Angeles Times*, 10.02.1946.

42 Tagebuch-Eintrag vom 28.04.1945; R-C 4A.14/001.

43 Vgl. zum Schicksal Elfriede Scholz-Remarks: *Mitteilungen der Erich Maria Remarque Gesellschaft Osnabrück e.V.*, Heft 4, September 1988.

44 Erich Maria Remarque, *Der schwarze Obelisk. Geschichte einer verspäteten Jugend.* Roman. Köln: Kiepenheuer & Witsch, 1956, S. 7.

45 Tagebuch-Eintrag vom 15.07.1952; R-C 4A.23/001.

46 Notiz zu *Der Funke Leben*, Arbeitsmanuskript; R-C 1.78/005.

47 Brief Alfred Scherz an Erich Maria Remarque, 20.07.1951; Kopie im Archiv Kiepenheuer & Witsch.

48 *Der Spiegel* (Hannover), 24.09.1952.

49 Joseph Caspar Witsch an Erich Maria Remarque, 24.03.1954; Original im Archiv Kiepenheuer & Witsch.

50 Tagebuch-Eintrag vom 27.03.1954; R-C 4A.24/001.

51 Im Original »mit schweigendem Disgust«, Tagebuch-Eintrag vom 11.04.1954; R-C 4A.24/001.

52 Siehe ausführlich zur Publikation des Romans *Zeit zu leben und Zeit zu sterben*, der 1989 in einer revidierten Fassung bei Kiepenheuer & Witsch (KiWi 193) neu veröffentlicht wurde: Angelika Howind, Thomas Schneider, »Weiterschweigen heißt seine Schuld eingestehen. *Zeit zu leben und Zeit zu sterben*: Die Zensur eines Antikriegsromans in der BRD und ihre Revision«. *Krieg und Literatur/War and Literature* I (1989), No. 2, S. 79–142.

53 In der Neuausgabe des Romans bei Kiepenheuer & Witsch, 1988 (KiWi 165), enthalten.

54 Tagebuch-Eintrag vom 15.04.1953; R-C 4A.23/001.

55 Im Brief an Joachim Pierre Pabst/Kristall vom 22.05.1959; Original im Remarque-Archiv, Osnabrück, Konvolut Landschaftsverband Osnabrück, L-O 36/88.

56 Erich Maria Remarque, *Schatten im Paradies*. Roman. München: Droemer Knaur, 1971, S. 400.

57 »Das Profil. Gespräch mit Friedrich Luft«, S. 133.

Axel Eggebrecht

Gespräch mit Remarque (1929)

Zur Diskussion über *Im Westen nichts Neues.*/Die Entstehungsgeschichte des Buches./Die inneren Motive./Faktoren des Erfolges./Weiteres Schaffen.

E. – Warum haben Sie bis jetzt niemals in die Debatten eingegriffen, die über Ihr Buch »Im Westen nichts Neues« entstanden sind?

R. – Weil ich es nicht für notwendig hielt und halte.

E. – Gewiß, ist es richtig, Annäherungsversuche unbeachtet zu lassen, die durch bloße Sensationslust oder Neid bestimmt sind. Aber ich möchte doch glauben, daß gerade diesem Buch gegenüber ein großes, ehrliches Interesse vieler Leser anzunehmen ist, die ihre eigenen Erlebnisse darin wiedergefunden haben und nun etwas über den Mann wissen wollen, der für sie alle gesprochen hat.

R. – Das mag sein. Doch wenn eine Arbeit fertig ist, hat der Autor zu ihr nichts mehr zu bemerken, selbst auf die Gefahr hin, daß er mißverstanden wird. In diesem Falle wäre seine Arbeit eben nicht gelungen, und das Reden darüber hätte auch keinen Zweck. Ich bin aber der Meinung, daß ich nur dort mißverstanden worden bin, wo man mich von vornherein mißverstehen wollte.

E. – Sie meinen damit die Versuche, das Buch politisch zu nehmen?

R. – Ja. Denn es ist unpolitisch. Und sein Eindruck war auch

anfangs völlig unpolitisch. Erst durch seinen Erfolg wurde es in die politische Debatte gezogen. Dabei wird nun, glaube ich, mehr die Auflage als das Buch selbst angegriffen. Sie finden daher auch weniger sachliche Ablehnung in diesen Attacken als wüste Schimpfereien und persönliche Angriffe. Ein altes Rezept: Kann man einer Sache nicht zuleibe, so versucht man, den Urheber zu diskreditieren. Dabei entstehen recht komische Situationen: Wenn etwa die gleichen Zeitungen, die zuerst begeisterte Kritiken brachten, ein paar Wochen später genau das Gegenteil behaupten. Aber dieser ganze Lärm ist doch der beste Beweis dafür, daß das Buch untendenziös ist; denn sonst würde man keinen so großen Aufwand an Empfindungsgabe verbrauchen, um es zu bekämpfen. Man könnte das billiger haben.
E. – Aber glauben Sie nicht, daß heute jedes Kriegsbuch das Schicksal haben muß, in erster Linie politisch genommen zu werden, ganz gleich, ob der Autor das gewollt oder nicht gewollt hat?
R. – Ja, – wenn er eine objektive Wertung und allgemeine Darstellung des Krieges geben will. Aber schauen Sie unvoreingenommen mein Buch an: Es beschränkt sich ja bewußt auf einen ganz kleinen Ausschnitt des Krieges. Hätte ich mir nicht selbst, wenn ich ein »Buch über den Krieg« hätte schreiben wollen, sagen müssen, daß es unvollständig sei? Unvollständig, weil es nur von den Erlebnissen einiger junger Schülersoldaten und ihrer Freunde handelt; dabei haben Menschen aller Berufe und jeden Alters natürlich gleich Schweres oder Schwereres erlebt. Unvollständig, weil es nur von einer Waffengattung, der Infanterie, nur von einem Kriegsschauplatz handelt. Unvollständig vor allem aber darum, weil es nur einen auf wenige Monate begrenzten Zeitraum aus den letzten beiden Kriegsjahren umfaßt; dabei waren die ersten Kriegsjahre eigentlich viel wechselvoller an Erleben. Unvollständig schließlich, weil es die Ereignisse

nur aus der Froschperspektive des einfachen Grabensoldaten sieht; militärische, strategische, politische, soziale, religiöse Gesichtspunkte bleiben außer Betracht, es kommen keine Offensiven, kein Vormarsch, kein Bewegungskrieg darin vor, sondern nur ein paar Wochen mittlerer Gefechtstätigkeit. Das liegt ja auch schon im Titel. Aber Vollständigkeit dieser Art habe ich eben überhaupt nicht gewollt.

E. – Sie wollten also kein »Kriegsbuch« schreiben. Das sagen Sie ja auch in Ihrem kleinen Vorwort. Wenn ich recht verstehe, liegt demnach der Schwerpunkt Ihres Buches nicht so sehr in den Ereignissen des Krieges wie in ihrer Wirkung auf die von Ihnen geschilderten jungen Menschen?

R. – Ja, das ist der Kern der Sache. Unsere Generation ist anders aufgewachsen als alle anderen vorher und nachher. Ihr stärkstes unmittelbares Erlebnis war der Krieg, ganz gleich, ob sie ihn bejaht oder verneint hat, ob sie ihn nationalistisch, pazifistisch, abenteuerhaft, religiös oder stoisch auffaßte. Sie sah Blut, Grauen, Vernichtung, Kampf und Tod, das war das allgemeine menschliche Erleben aller. Und auf dieses eine Erlebnis habe ich mich bewußt beschränkt. Der Krieg ist als Tatsache vorausgesetzt. Die wenigen Reflexionen, die in dem Buch stehen, beschäftigen sich nur mit diesem rein menschlichen Erleben des Krieges. Sie vermeiden jede politische, soziale, religiöse oder sonstige Stellungnahme. Dazu halte ich mich ebensowenig für berufen wie dazu, eine Geschichte des Krieges zu schreiben. Nur über die von allen erlebten Schauer, über das Grauen, über den verzweifelten, oft rohen Trieb der Selbsterhaltung, über die zähe Kraft des Lebens, das dem Tode und der Vernichtung gegenübersteht, habe ich gesprochen.

E. – Danach würde ein Beweis dafür, daß Sie keinen allgemeinen, äußeren Querschnitt durch den Krieg geben wollten, auch darin liegen, daß absichtlich keine genauen zeitlichen und örtlichen Angaben gemacht werden?

R. – Ganz richtig. Das war für meine Arbeit ganz nebensächlich. Das wäre nur bei einer Kriegschronik wichtig. Die Situationen in meinem Buche sind wahr und erlebt, sie sind weder nach der einen noch nach der anderen Seite hin übertrieben oder überspitzt. Sie werden zugeben, daß es viel Grauenvolleres, Schwereres, Unwahrscheinlicheres gab.
E. – Gewiß, das weiß ich aus meinen eigenen Erinnerungen. Ich habe selbst viel grausigere und auch viel unwahrscheinlichere Dinge gesehen, als Sie sie geschildert haben.
R. – Die Generation junger Menschen, die – ganz gleich aus welchen Motiven – durch diese Zeit gehetzt wurde, mußte notwendig dadurch anders geformt werden als alle früheren Generationen.
E. – Sie nennen sie, in Ihrer Vorbemerkung« »zerstört«. Gerade gegen diese Bezeichnung ist nun oft polemisiert worden. Ich selbst finde, wie viele andere, daß eben die Existenz dieses Buches doch einen recht lebhaften Gegenbeweis gegen eine so abschließend pessimistische Auffassung bildet.
R. – Das kann ich nicht zugeben. An Hunderttausenden ist natürlich das Erlebnis Krieg abgelaufen wie eine Dusche. Andere sind wenigstens ohne Bruch durchgekommen. Manche haben sich ja auch so sehr daran gewöhnt, daß sie nachher ohne den Krieg gar nicht mehr auskamen. Aber wichtig sind ja alle die anderen, die zahllosen Zerrissenen, Getroffenen, Erlebnisfähigen, die dem Erlebnis Ausgelieferten. Die haben jetzt erst angefangen, sich wiederzufinden. Ein Beweis dafür, daß der Krieg als Einzelerlebnis überhaupt noch nicht überwunden war, ist doch die Tatsache, daß – abgesehen von der ersten Zeit revolutionärer Erhebung nach dem Kriege – fast zehn Jahre lang niemand etwas davon hören wollte. Es war nicht möglich, nicht erwünscht, nicht dringend, über den Krieg zu schreiben. Nur als ein Moment politischer Diskussion wurde er verdammt, verteidigt oder verherrlicht. Mit dem persönlichen Erlebnis des Krieges aber

war besonders der junge Mensch unserer Generation noch längst nicht fertig. Es wirkte in ihm dumpf fort, es blieb ein undeutlicher Alpdruck, ein Zustand der Unruhe, der Skepsis, der Härte oder schwankenden Ziellosigkeit.
E. – Ich selbst muß gestehen – und ich weiß von vielen anderen, denen es ähnlich geht –, daß ich an meine Kriegserlebnisse, selbst an die schlimmsten Tage nach schwerer Verwundung, nur selten und in recht blassen Bildern zurückgedacht habe. Die Erinnerung an damals nahm nur selten sichtbare Gestalt an. Um so tiefer und bleibender ist wohl die mittelbare Wirkung gewesen. Ich dachte nie mehr daran, aber es hatte sich in mein ganzes Wesen eingefressen. Das wäre, in meinem Falle, die von Ihnen behauptete Zerstörung. Aber – das ist vielleicht bei jedem anders gewesen. Wie war es bei Ihnen? Bedrängten diese Vorstellungen der Erinnerung Sie so, daß Sie sich durch das Niederschreiben davon befreien wollten? Oder wie kam überhaupt die Niederschrift zustande?
R. – Es ging mir ähnlich wie Ihnen. Nicht die Bilder, die Visionen des Erlebten bedrückten mich, sondern der allgemeine Zustand der Leere, der Skepsis, der Unrast. Ich hatte früher nie daran gedacht, einmal über den Krieg zu schreiben. Ich war damals, im Frühjahr vorigen Jahres, mit ganz anderen Arbeiten beschäftigt. Ich war angestellt als Bildredakteur einer Zeitschrift. Abends mühte ich mich mit mancherlei Dingen. Zum Beispiel machte ich verschiedene Anläufe, ein Stück zu schreiben, kam aber damit nie sehr weit. Ich litt unter ziemlich heftigen Anfällen von Verzweiflung. Bei dem Versuche, sie zu überwinden, suchte ich allmählich ganz bewußt und systematisch nach der Ursache meiner Depressionen. Durch diese absichtliche Analyse kam ich auf mein Kriegserleben zurück. Ich konnte ganz Ähnliches bei vielen Bekannten und Freunden beobachten. Wir alle waren – und sind oft noch – unruhig, ziellos, bald exaltiert,

bald gleichgültig, im tiefsten Grunde aber unfroh. Der Schatten des Krieges hing auch und gerade über uns, wenn wir gar nicht daran dachten.
Am selben Tage, an dem ich diesen Gedanken hatte, begann ich zu schreiben, ohne lange Überlegung. Das ging sechs Wochen lang, jeden Abend, wenn ich aus dem Büro kam. Dann war das Buch fertig.
E. – Und hatten Sie dann das Gefühl, hier etwas Abschließendes, Befreiendes getan zu haben? Wußten Sie, was dieses Buch nicht nur Ihnen, sondern vielen bedeuten könnte?
R. – Für mich selbst hatte ich das Gefühl, wie wichtig es gewesen sei, die Ursachen zu finden. Die Erkenntnis einer Lage ist das beste Mittel, sich aus ihr zu befreien. Das fand ich auch in den vielen Zuschriften von Menschen meines Alters nachher bestätigt. Sie alle empfanden das Buch nicht als pessimistisch, sondern als befreiend; die Dinge, unter denen sie gelitten hatten, solange sie ihnen unbewußt waren, hatten die Gewalt über sie verloren, weil sie hier klar ausgesprochen waren. Zu meiner Arbeit als literarischer Leistung aber hatte ich zunächst gar kein Vertrauen, weil es das erste Mal war, daß ich so geschrieben hatte. Früher hatte ich ganz anders gearbeitet, ich hatte experimentiert, mich ziemlich herumgequält, um einen Stil zu finden, aber es blieb alles matt und farblos, und ich war nie zufrieden. Das kam eben wohl daher, daß ich auf ganz falschem Wege gewesen war.
Das Manuskript lag fast ein halbes Jahr in meinem Schreibtisch, ohne daß ich den Versuch machte, es irgendwo anzubieten. Erst auf wiederholtes Zureden anderer tat ich es. Nachher ging alles ganz schnell. Und der Erfolg kam für mich ganz überraschend.
E. – Sie wissen sicherlich, daß über die Entstehung Ihres Buches allerlei umfangreiche Märchen verbreitet worden sind?
R. – Nicht nur über das Buch, auch über mich selbst. Man hat behauptet, ich hieße Kramer, und hat das als Verbrechen

gegeißelt, – als ob Pseudonyme in der deutschen Literatur nie vorgekommen wären. Ich hieß nie Kramer. – Andere, denen der Name Remarque besser paßte, erklärten ohne weiteres, ich sei französischer Jude. Wieder andere wußten genau, daß ich mein Buch zuerst als nationalistischen Tendenzroman geschrieben und einem rechtsstehenden Verlag angeboten, es nach der Ablehnung dort für Ullstein pazifistisch umgearbeitet hätte. In dieser Weise ging es dann weiter. Manchmal waren es Irrtümer, die ehrlich gemeint waren, aber meistens doch glatte Erfindungen, zu durchsichtigem Zwecke. Da hieß es, ich sei heute erst 25 Jahre alt und nie Soldat gewesen. Man hat auch gesagt, ich hätte den Krieg als französischer und nicht als deutscher Soldat mitgemacht, ich sei nur im Osten und nie im Westen gewesen – und so noch vieles mehr, was ich gar nicht alles behalten kann. Vor allem aber hat man mich als Armierungssoldaten bezeichnet, der heute 55 Jahre alt und nie an der Front gewesen sei, deshalb natürlich nichts vom Erleben der Zwanzigjährigen gewußt haben könne. Dagegen hätte ich das Tagebuch eines gefallenen Kameraden bearbeitet und soll übrigens auch irgendeinen Bordellroman geschrieben haben. Das stimmt alles nicht. Ich habe an meinem Manuskript nie eine Zeile geändert, weder für einen Rechtsverlag noch für einen Linksverlag. Es hat überhaupt niemals einem Rechtsverlag vorgelegen. Von Tagebüchern weiß ich so wenig wie von Bordellromanen. Ich bin mit 18 Jahren ins Feld gegangen, war nur als einfacher Soldat an der Westfront, wurde dort mehrfach verwundet, einmal so, daß ich heute noch an den Folgen leide. Aber – Sie werden zugeben, daß es ganz sinnlos ist, auf alle diese Angriffe und Behauptungen einzeln einzugehen. Man ist ja sogar so absurd gewesen, es mir zum Vorwurf zu machen, daß ich früher schlechter geschrieben habe als heute. Da ist besonders viel von einem Buche gefabelt worden, das ich über die Herstellung von Cocktails verfaßt haben soll.

Dabei handelt es sich in Wirklichkeit um einen kleinen Artikel, den ich vor vier oder fünf Jahren für eine Zeitschrift geschrieben habe. Ich könnte den Leuten in dieser Richtung noch ganz anderes »Material« gegen mich geben, denn ich habe viele Artikel über Gummireifen, Autos, Faltboote, Motoren und was weiß ich alles geschrieben, ganz einfach, weil ich davon leben mußte. Allerdings haben ja andere Kenner, die es besser wissen, behauptet, ich hätte als Sprößling reicher Eltern ein mondänes Leben geführt. Ich muß sagen, daß ich davon als Volksschullehrer, Buchhalter, Korrespondent, Angestellter und Journalist nicht übermäßig viel gemerkt habe.

E. – Das alles ist persönlicher Klatsch, über den man natürlich gar nicht zu reden braucht. Es gibt aber auch andere, sachlicher klingende Angriffe. Wie erklären Sie sich zum Beispiel den Widerspruch, daß dem Buch nicht nur von der einen Seite weichlicher Pazifismus, sondern von der anderen her gerade das Gegenteil, nämlich romantische Kriegspropaganda, vorgeworfen worden ist?

R. – Im wesentlichen wohl aus einer gewissen Enttäuschung darüber, daß ich politisch keine Partei ergreife. Allerdings muß ich sagen: Wer mein Buch gelesen hat und daraus nichts anderes entnimmt als den Wunsch, das darin Geschilderte alles selbst zu erleben, – ja, dem würde auch durch nichts anderes zu helfen sein.

E. – Was ist nun, nach Ihrer Meinung, der eigentliche Grund des außerordentlichen Erfolges, den das Buch in allen Ländern hat?

R. – Eben die Tatsache, daß es nicht politisch, daß es unprogrammatisch ist. Daß es – um es noch einmal zu wiederholen – vom Kriege nur das Einfache, das gemeinsame menschliche Grunderlebnis gibt.

E. – Man könnte also vielleicht sagen, daß die politische Auffassung oder Auswertung des Buches die Sache jedes

einzelnen ist. Es selbst ist neutral wie ein Spiegel. Jeder wird seine eigene politische Ansicht daraus entwickeln können. – Ich nehme an, daß Sie selbst nicht die Absicht haben, in eine Diskussion darüber jemals einzugreifen?
R. – Niemals. Weder in eine solche politischer noch persönlicher oder sachlicher Art, aus den gleichen Gründen, wie wir sie zu Anfang besprachen.
E. – Ich kann mir auch denken, daß für Sie das alles längst abgeschlossen ist. Sie beschäftigen sich gewiß jetzt mit ganz anderen, neuen Dingen?
R. – Ja, natürlich.
E. – Wollen und können Sie darüber etwas sagen?
R. – Sehen Sie, ein Problem ist augenblicklich für mich dieses: Mein Buch beruht nicht auf der Phantasie, der Erfindung. Wenn die Vorwürfe richtig wären, die man mir macht, – wenn alle diese Menschen und Ereignisse erfunden wären, dann könnte ich jetzt viel froher und selbstsicherer sein. Dann wüßte ich nämlich genau, daß ich ein guter Schriftsteller bin. So aber ist mir das für später zuweilen sehr zweifelhaft. Daran laboriere ich jetzt gerade. Ich muß dabei noch einmal ganz von vorn anfangen.

Das Ende des Krieges?

Ein Briefwechsel zwischen dem Autor von *Im Westen nichts Neues* und General Sir Ian Hamilton (1929)

Anmerkung: Der Briefwechsel beginnt mit einem Dankschreiben Sir Ian Hamiltons an Remarques englischen Verleger Huntington (Putnam's sons) für die Zusendung eines Vorabexemplares der englischen Ausgabe von »Im Westen nichts Neues«, das auch Remarque zugeleitet wurde. Es folgt ein Antwortschreiben Remarques. Der Briefwechsel endet mit einer erneuten Reaktion Hamiltons, diesmal direkt an Remarque.

I

2. April 1929

Lieber Huntington,
vielen Dank für das Vorausexemplar von *Im Westen nichts Neues*: Ich bin froh, daß Sie einen so fähigen Übersetzer gefunden haben, der geschickt genug war, Remarques Bombe aufzunehmen und über den Kanal zu schleudern. Wir benötigten hier genau diesen Anstoß zum Aufwachen.
Die Geschichte handelt von einer Generation, die vom Krieg zerstört wurde: Wir, die kämpften, »sind verlassen wie Kinder und erfahren wie alte Leute, wir sind roh und traurig und oberflächlich – ich glaube, wir sind verloren«; oder, kürzer: »Der Krieg hat uns für immer zerstört«.

Das ist das Schlüsselwort des Tagebuchs – in dessen Form die Enthüllungen angeordnet sind: Es ist unabänderlich in das erste halbe Dutzend Zeilen gestanzt und kehrt immer und immer wieder, bis am Ende der letzte Akkord sanft im Unbekannten verklingt.
Es gab eine Zeit, in der ich Remarques Überlegungen und Schlußfolgerungen heftig bekämpft hätte. Nun muß ich voll Trauer zugestehen, daß in ihnen ein großes Maß Wahrheit liegt. Latrinen, Ratten, Läuse; Gestank, Blut, Leichen; Szenen grauenhaften Schreckens, wo die Kameraden das Sterbelager eines jungen *Kameraden* umringen, mit einem Auge auf seinem Todeskampf, mit dem anderen auf seinen neuen englischen Stiefeln; die einfallslose Strategie; das Gefühl, daß die Führer verständnislos oder dumm sind; das Verkümmern des Denkens und der Begeisterung unter der beständig wachsenden Maschinerie eines Abnutzungskrieges; all das dauerte zu lange – so lange, daß tatsächlich eine halbe Millionen Seelen, die noch auf unserer eigenen Insel leben, mit Remarques eigenen schrecklichen Worten, »verloren« waren. Warum sonst, darf ich fragen, sollten unter jenen, die einst die Blüte unserer Jugend waren, heutzutage so überdurchschnittlich viele Außenseiter der Gesellschaft sein?
Trotz allem geht dieser Deutsche zu weit. Wie Ostern mehr ist als ein Rosinenstollen, so ist auch Patriotismus mehr als Bohnen und Speck. Selbst in dem letzten und verfluchtesten aller Kriege – dem Krieg »im Westen« – gab es dort nicht die außerordentliche Kraft der Führung für verlorene Hoffnungen; die vagen Triumphe, vage, aber realistisch, für ein Ziel zu sterben? Gab es nicht den wahren Patriotismus, den Remarque fast genauso behandelt wie die Gans, die sein Held in der Offiziersmesse ermordet? Und schließlich, gibt es nicht den Sieg derjenigen, und es gab viele, die alles überlebten, – errungen selbst in Passchendaele – und danach immer noch den Mut fanden, sich selbst zu überwinden und die

Welt zu einem besseren Ort zu machen für sich selbst und jedermann sonst, ihre Ex-Feinde eingeschlossen?
Remarque scheint mir ein Schriftsteller zu sein, der zu allem fähig ist. Er sagt einige unglaublich grobe Dinge, aber er streut manchmal, wie zufällig, erstaunlich wahre Dinge ein, die bislang ungesagt waren. So zum Beispiel seine Antwort an jene, die mit ihren plumpen Fragen in seinem Herzen herumwühlen auf der Suche nach seinen innersten Gefühlen über die Ereignisse an der Westfront: »Ich begreife, daß er nicht weiß, daß so etwas nicht erzählt werden kann, und ich möchte ihm gern den Gefallen tun; aber es ist eine Gefahr für mich, wenn ich diese Dinge in Worte bringe, ich habe Scheu, daß sie dann riesenhaft werden und sich nicht mehr bewältigen lassen.«
Im Westen nichts Neues ist ein Meisterwerk des Realismus, aber kein perfektes Kriegsbuch; denn Krieg, wie auch das Leben, enthält etwas mehr als Realismus.

Ihr ergebener

(gezeichnet) Ian Hamilton.

II

1. Juni 1929

Sehr geehrter Sir Ian Hamilton,
ein Auszug aus Ihrem Brief an Mr. Huntington betreffend mein Buch *Im Westen nichts Neues* wurde mir freundlicherweise von meinen Verlegern, den Herren Putnam, zugesandt. Ich beabsichtigte, Ihnen sofort zu antworten, wurde aber während langer Wochen von einer Krankheit davon abgehalten, die mir die ruhige Stunde verwehrte, die ich für meine Antwort benötigte.

Selbst jetzt kann ich Ihnen nicht sagen, welches Gefühl beherrschend für mich war, das durch den Erhalt Ihres Briefes ausgelöst wurde – ob das der persönlichen Freude oder das des Erstaunens und der Bewunderung, so klar, so vollständig, so richtig verstanden worden zu sein. Wahrscheinlich waren beide gleich stark. Sie werden es zu würdigen wissen, daß ich völlig ahnungslos war, welche Wirkung mein Buch außerhalb Deutschlands haben würde – ob es mir gelungen war, mich jedermann verständlich zu machen oder nicht.
Ein Buch über den Krieg wird ohne Zögern einer Kritik mit politischem Charakter ausgesetzt, aber mein Werk sollte anders beurteilt werden, denn seine Intention war nicht politisch, weder pazifistisch noch militaristisch, sondern schlicht menschlich. Es zeigt den Krieg durch die schmale Perspektive des Frontsoldaten, zusammengesetzt aus vielen einzelnen Situationen, aus Minuten und Stunden, aus Kampf, Angst, Schmutz, Mut, gräßlicher Unausweichlichkeit, Tod und Kameradschaft zu einem ganzen Mosaik, in dem das Wort Patriotismus nur *scheinbar* fehlt, weil der einfache Soldat niemals darüber sprach. Sein Patriotismus lag in der *Tat* (nicht im *Wort*); er bestand einfach aus der Tatsache seiner Anwesenheit an der Front. Für ihn war das genug. Er verfluchte und beschimpfte den Krieg; aber er kämpfte weiter, und kämpfte selbst ohne Hoffnung weiter. Und davon ist, glaube ich, für jene, die lesen können, genug in meinem Buch.
Aber Sie, Sir Ian, haben mit wenigen Worten genau den Kern meines Buches herausgestellt, nämlich die Absicht, das Schicksal einer Generation junger Männer darzustellen, die im kritischen Alter, wenn sie gerade den Puls des Lebens zu fühlen beginnen, dem Tod ins Angesicht sahen. Ich danke Ihnen mit aller Aufrichtigkeit dafür und bin erfreut, diese Worte von einem Mann mit hohem militärischen Rang zu hören. Ihre Worte werden von mir besonders geschätzt als

die einer Stimme, die aus England spricht. In Deutschland wurde niemals vergessen, wie *fair* die Engländer waren, selbst auf dem Höhepunkt der Schlacht, und so bin ich besonders erfreut, in Briefen englischer Soldaten und Offiziere bestätigt zu finden, daß der Hintergrund, die kleinen, aber für den einzelnen Soldaten so wichtigen Dinge anscheinend an allen Fronten gleich waren.
Ich habe mich nicht berufen gefühlt, über den Krieg selbst zu argumentieren. Das muß den Führern vorbehalten bleiben, die allein alles wissen, was zu wissen notwendig ist. Ich wollte lediglich Verständnis erwecken für eine Generation, die mehr als jede andere Schwierigkeiten hatte, nach vier Jahren Tod, Kampf und Schrecken ihren Weg in die friedlichen Bereiche von Arbeit und Fortschritt zu finden. Tausende und Abertausende haben es noch nicht geschafft; zahllose Briefe aus allen Ländern haben es mir bewiesen. Aber alle diese Briefe sagen dasselbe: »Wir haben es nicht geschafft, weil wir nicht wußten, daß unsere Lethargie, unser Zynismus, unsere Unstetigkeit, unsere Hoffnungslosigkeit, unser Schweigen, unser Gefühl, zerrissen und ausgeschlossen zu sein, daher kommen, daß die erneuernde Kraft unserer Jugend im Krieg vergeudet worden ist. Aber nun werden wir den Weg finden, denn Sie in Ihrem Buch haben uns die Gefahr gezeigt, in der wir uns befinden: die Gefahr, uns selbst zu zerstören. Die Erkenntnis der Gefahr ist der erste Schritt, ihr zu entkommen. Wir werden nun unseren Weg zurück finden, weil Sie uns erzählt haben, was es war, das uns bedrohte, und dadurch ist es harmlos geworden.«
Sie sehen, Sir Ian, in diesem Sinne schreiben mir meine Kameraden, und dies zeigt, daß mein Buch nur *scheinbar* pessimistisch ist. In Wirklichkeit zeigt es, wieviel zerstört wurde, aber es sollte zugleich als Aufruf für jene Menschen dienen, sich zusammenzuschließen, um sich dem friedlichen Kampf der Arbeit und des Lebens selbst zu stellen, der Anstren-

gung, Persönlichkeit und Kultur zu erlangen. Denn weil wir so früh den Tod kennenlernten, wollen wir nun seinen paralysierenden Fluch abschütteln – denn wir haben ihn Auge in Auge und ungeschminkt gesehen –, wir wollen noch einmal anfangen, an das Leben zu glauben. Dies wird das Ziel meiner zukünftigen Arbeit sein. Derjenige, der auf die Gefahr hingewiesen hat, muß auch den Weg aus ihr heraus aufzeigen.

Ich hatte meine Gedanken bislang niemals so offen dargestellt; aber Ihr reizender, verständnisvoller Brief zwang mich, den Stift in die Hand zu nehmen, um die beiden Dinge in meinem Buch hervorzuheben, die, obwohl nirgends ausdrücklich beschrieben, dennoch implizit vorhanden sind – ich meine in erster Linie den einfachen Heroismus des einfachen Soldaten, der genau in der Tatsache bestand, daß er nie darüber sprach, daß er vielleicht sich selbst dessen nicht einmal bewußt war – er sprach nur von »Bohnen und Speck«, während die ganze Zeit so viel anderes dahinter stand; und zweitens die Tatsache, daß mein Buch nicht darauf aus ist, Resignation zu predigen, sondern ein Hilferuf zu sein.

Sie haben recht, Sir Ian, mein Buch ist kein »perfektes Kriegsbuch«. Aber solch ein Kriegsbuch, in einem umfassenden Sinn, wird in den nächsten zehn, vielleicht auch hundert Jahren nicht geschrieben werden. Ich beschränkte mich auf den rein menschlichen Aspekt der Kriegserfahrung, der Erfahrung, die jeder Mann, der an die Front ging, schmerzlich machen mußte: der Kampf, das Entsetzen, die Beherrschung, die Macht, die Zähigkeit der Lebenskräfte im einzelnen Menschen angesichts des Todes und der Vernichtung.

Ich würde dies gern als die universale, fundamentale Erfahrung betrachten; und ich habe versucht, diese fundamentale Erfahrung allein, ohne Rhetorik und Inanspruchnahme für politische Zwecke, zu beschreiben. Und dem ist, glaube ich, der Erfolg meines Buches zuzuschreiben, das in Deutsch-

land nicht nur in literarischen Kreisen gelesen wurde, sondern auch von solchen Leuten, die fast nie ein Buch in die Hand nehmen – von Handwerkern, Arbeitern, Angestellten, Mechanikern, Postboten, Chauffeuren, Lehrlingen usw.; denn viele hundert Briefe sagen: *»Es ist meine eigene Erfahrung«*. Die *äußere* Erfahrung war vielleicht in jedem Fall kaum gleich (obwohl ich soweit wie möglich nur typische Standardsituationen beschrieb, die dauernd vorkamen), aber der entscheidende Faktor war zweifellos, daß das Buch einen Teil der *inneren* Erfahrung darstellte – das Leben, das mit dem Tod konfrontiert wird und ihn bekämpft.
Abschließend erlauben Sir mir, Sir Ian, Ihnen noch einmal für Ihren Brief zu danken, und Sie können aus der Länge dieses Briefes beurteilen, wie hoch ich ihn schätzte. Ich bin glücklich über ein so anerkennendes Verständnis.

Ihr ergebener
(gezeichnet) Erich Maria Remarque

III

19. Juni 1929

Sehr geehrter Herr Remarque,
Ihr Brief vom 1. Juni hat mir viel Freude bereitet. Ich kann mir sehr gut Ihren Postboten vorstellen, wie er den größten Teil seines Postsackes ausschüttet, während Sie verzweifelt auf den Stapel Briefe schauen und zu sich selbst sagen: »Naja, weil ich gut geschrieben habe, muß ich nun ewig damit weitermachen!« Um so mehr bin ich Ihnen dankbar, daß Sie die Zeit gefunden haben, so umfassend und so wirklich wichtig einen Brief an einen ex-feindlichen Kommandeur geschrieben zu haben.

Ich fürchte, ich habe lange Zeit gebraucht, um zu antworten, aber ein Grund dafür ist, daß ich sehr viel zu tun habe als Präsident der British Legion in London und bei dem Versuch, alten Soldaten zu helfen, die unter mir im Krieg gekämpft haben. Sie wissen, wir in England haben über eine Million Arbeitslose. Mehr als die Hälfte von ihnen sind alte Soldaten. Als sie in den Krieg gingen, waren sie die Blüte, nicht der Abschaum unseres Volkes. Immer habe ich versucht, sie zu ermutigen und aufzurütteln, indem ich ihnen den Sinn erklärte; besonders daß die Erziehung am wichtigsten im Alter zwischen achtzehn und zweiundzwanzig ist und daß während dieser Jahre, als die Daheimgebliebenen ihren Geschäften nachgingen, sie im Schlamm unter dem Regen der Granaten standen. Deshalb waren sie im Nachteil, als sie zurückkamen. Deshalb waren sie die ersten, die entlassen wurden, als die Geschäfte schlecht gingen. Aber all der verlorene Boden, füge ich vorsichtig hinzu, könnte durch Mut und Beharrlichkeit wiedergewonnen werden. Zuallererst müßten die Veteranen sich in einer Vereinigung zusammenschließen, als solche nicht politisch, so daß sie Einfluß unter jeder Regierung haben. Zweitens müßten sie arbeiten, um ihre alten Kameraden und die Witwen und Waisen ihrer verstorbenen Kameraden zu retten. Drittens müßten sie nach hohen Idealen streben, deren höchstes der Frieden ist: Dafür können sie als Veteranen mit größerem Anstand mehr tun als ausgesprochene Pazifisten: Insbesondere könnten sie für die Sache des Friedens Wunder bewirken, indem sie die Hand der Freundschaft den Soldaten-Vereinigungen der ehemaligen Feinde reichen. Denn alle Völker der Welt würden dann zueinander sagen: »Wenn diese Soldaten, die Granaten gegeneinander geschossen haben, sich die Hände schütteln können, können auch wir, die wir uns nie bekämpften oder bekämpft wurden, es ermöglichen, Freunde zu sein!«

Diese Dinge erzähle ich Ihnen nicht (so hoffe ich) aus Hochmut, sondern weil Sie dadurch besser verstehen könnten, wie sehr Ihr Werk mich angesprochen hat. Denn Sie haben Ihren Kriegshelden (nicht länger *die Gemeinen*) erklärt, daß der Krieg sie nicht nur ihrer Erziehung beraubt hat, sondern vor allem in seinem Feuerofen die Energie und erneuernde Kraft aufgezehrt hat, die von Gott dazu gedacht war, sie durch die frühen Anstrengungen ihrer Karriere als Bürger zu führen.

Aber wenn wir zur Praxis kommen, wie schwierig! Es wäre leichter, einen Haken in Leviathans Nase zu schlagen, als Stahlhelm und Reichsbanner in einer unpolitischen Allianz zum Kampf gegen den Krieg zu vereinigen.

Vor fünf Jahren wurde ich beinahe als Präsident der Legion in London abgewählt, weil ich wollte, daß sie mit den Deutschen die Hände schüttelten, und weil ich hervorhob, daß sie so den ängstlichen, manövrierenden Politikern und *Beamten* in Genf den Weg aufzeigen würden, deren Lebensunterhalt von der Abwesenheit des Friedens abhängt, den zu sichern sie hohe Summen bezahlt bekommen.

Noch immer ist die Feder mächtiger als das Schwert. Schreiben Sie also noch ein anderes Buch, mein lieber Herr Remarque. Als jemand, der in acht Feldzügen gedient hat, sage ich, nehmen Sie Ihre Feder und schreiben Sie. Denn Sie besitzen die Gabe des Genies, und Sie sollten sie nicht in eine Windel einwickeln. Diese zauberhafte Szene, in der Sie in Ihrem alten Zimmer sitzen und vergeblich Ihre alten Götter, die Bücher, anflehen. Der unvergeßliche Moment, wenn Sie wieder den klaren Geruch des kalten Wassers der Mühle einatmen – *In einem kühlen Grunde*! Ja; Sie haben das Gespür, das sichere Gespür, und Sie können es wie kein anderer gebrauchen. Aber Sie werden alle Kraft Ihrer wortgewandten Feder benötigen. Denn groß und schrecklich ist die Gegenkraft der Romantik und Schönheit des Krieges, auf die Sie wohlweislich in Ihrem Buch nicht eingehen. Aber es gibt sie, irgendwo vergraben, latent in Ihrer Seele. Haben Sie ein deutsches Armeekorps gesehen, fliegende Fahnen, Vorbeimarsch, die Erde bebt beim Stampfen des Paradeschritts? Lord Roberts erzählte mir im Alter, daß das überwältigendste Bild, das er in Erinnerung behalten habe, das zweier Highland Bataillone in ihren Kilts und Federkappen gewesen sei, wie sie in perfekter Linie gegen die Wälle der Stadt Lucknow vorgingen, die Kanonenkugeln hüpften und sprangen über das Feld, manchmal über ihnen, manchmal unter ihnen, aber alle hielten den Tritt wie bei einer Inspektionsparade. Dies sind die Legenden und Illusionen, die Sie mit Ihrer Feder sehr schnell aufspießen müssen.

Denn die Jungen von heute sind genau so, wie Sie es vor zwanzig Jahren waren und wie ich vor sechzig Jahren.

Ihr sehr ergebener,

(gezeichnet) Ian Hamilton.

Haben meine Bücher eine Tendenz? (1931/32)

Auf die Frage, ob meinem Buch *Im Westen nichts Neues* eine bestimmte Absicht zugrunde lag, kann ich nur wahrheitsgemäß sagen, daß meine spontanen Erinnerungen an den großen Krieg lediglich wiedergeben, was ich sah und erlitt, genau wie Millionen meiner Kameraden während fünf Jahren Totschlägerei. Beruht der so oft erhobene Einwand auf Wahrheit, daß mein Buch einen verhängnisvollen Einfluß auf die junge Generation hatte, daß es das edle Gefühl des Patriotismus, den Sinn für das Heldenhafte tötet, diese seit undenklichen Zeiten höchsten Tugenden der teutonischen Rassen? Wenn überhaupt irgendeine grundlegende Idee mich erfüllte, so war es Vaterlandsliebe, im wahren und edlen, nicht im engen und chauvinistischen Sinn des Wortes, und Huldigung an Heldentum. Das bedeutet jedoch nicht blinde Begeisterung für Blutbad auf den Schlachtfeldern noch Billigung moderner Kriegführung mit all ihrem Aufwand von Maschinen und mechanischen Kräften. Krieg ist zu allen Zeiten ein brutales Werkzeug der Ruhmgier und der Machtlust gewesen, immer in Widerspruch mit den Grundprinzipien der Gerechtigkeit, die allen moralisch gesunden Menschen innewohnen. Nicht einmal eine ernsthafte Beleidigung der Gerechtigkeit selbst kann dem Krieg Rechtmäßigkeit verleihen.

Vor der Zeitspanne 1914/18 waren wir gewöhnt, nur die strahlende und heroische Seite des Krieges zu sehen. Die Geschichtsbücher verzeichnen den Ruhm tapferer Helden, die ewiges Ansehen erwarben, indem sie für ihr Land eroberten, fochten und starben. Diese Männer sind unsterblich, weil sie furchtlos waren und tapfer. Seit der Vervollkommnung und der zunehmenden Präzision der Feuerwaffen, dem Gebrauch von schwerer Artillerie, Aeroplanen, Tanks und Gas, seit der Einführung mechanischer Kampfmaschinen und Industriekräfte, charakteristisch für moderne Kriegführung, wich die aktive Tapferkeit des Soldaten, der den Gegner nicht fürchtet, gezwungenermaßen einem rein passiven Mut, nahe verwandt dem Fatalismus des Orientalen.

Besonders während der letzten zwei Jahre des Krieges hatte die technische Organisation der Kampfweise so verblüffende Fortschritte gemacht, daß der einzelne ganz vom Zufall abhängig geworden war. Viele Soldaten in Regimentern, die fast vollständig in Schützengräben aufgerieben wurden, haben während zweier oder dreier Jahre Stellungskrieg kaum jemals den Feind von Angesicht zu sehen bekommen, mit Ausnahme der Gefangenen, die gemacht wurden nach irgendeinem der entscheidenden Vorgehen. Krieg im alten heroischen Sinn des Wortes hatte aufgehört zu existieren. Er war eine sinnlose Schrecklichkeit geworden, in dem mechanische Kraft zerschmetterte, niederschlug und verstümmelte. Dem Mann im Schützengraben bleibt nichts zu tun, als in passiver Resignation zu warten, ob es ihn treffen wird, wie es Hunderte und Tausende seiner Kameraden traf; und wenn er heil hervorgeht, so ist es nicht dank persönlicher Tapferkeit, sondern nur dank seinem guten Stern, dank dem Schicksal. Ich möchte ein Beispiel von einer gewissen Ähnlichkeit anführen: gesetzt den Fall, ich bin in einer Kompanie von Soldaten, in einer Linie aufgestellt. Jeder 5. Mann soll vors Kriegsgericht gestellt werden. Wird mich das Todeslos treffen? Oder komme ich lebendig davon? Ich kann nur ergeben warten, was das Schicksal beschließt. Persönliche Tapferkeit, Mut sind zu allen Zeiten bewundert worden und werden es immer sein, solange sie sich nicht in einer sinnlosen Form äußern. Konflikte politischer und diplomatischer Art zwischen Nationen sollten auch durch entsprechende Mittel beigelegt werden. Nur dann würde ein Krieg berechtigt sein, als Verteidigung und *ultima ratio*, wenn die europäische Zivilisation wieder einmal, wie durch die Hunnen im frühen Mittelalter, bedroht würde.

Patriotismus ist ein hoher und edler Begriff, aber Chauvinismus ist eine gefährliche Drohung geworden, seit eine Welle von Nationalismus die moderne Welt überflutet und das Evangelium des Hasses verbreitet und rohe Gewalt predigt. Dieser Chauvinismus ist in allen europäischen Ländern zu finden, in Italien sowohl wie in Deutschland. Nach der Meinung der Chauvinisten ist nur ein aggressiver Nationalismus wirklich patriotisch, während sie Pazifismus oder nur Verdammung der Kriegsschrecken und Friedensliebe Feigheit nennen. Sie vergessen jedoch, daß in der gegenwärtigen ruhelosen Zeit der Kämpfer weniger Mut beweist als der, der es wagt, sich als Pazifist zu bekennen. Aus solchen Überlegungen heraus erklärt sich, daß die äußersten Radikalen sich gegen mich wandten, während die gemäßigten Elemente, sogar im konservativen Lager, die Wahrheitstreue anerkennen, mit der ich die Schrecklichkeiten des Krieges schilderte. Niemand kann leugnen, daß ich, was groß und edel in meinem Lande ist, liebe und daß ich aus tiefstem Herzen wünsche, daß Deutschland sich erholt von seinem augenblicklichen Elend.

Als der Film *Im Westen nichts Neues* herauskam, bedienten politisch einflußreiche Kreise sich aller erdenklichen Mittel, um das Aufführungsverbot in Deutschland durchzusetzen. Wie man weiß, hatten sie Erfolg. Der Zensor verbot die Aufführung des Films mit der Begründung, daß die Tapferkeit des deutschen Soldaten nicht in ihrer ganzen Größe, in ihrem ganzen Ruhm gezeigt wird. Solch eine Behauptung ist entschieden ungerecht, da der Film nur die menschliche Seite des Frontlebens zeigt. Daß Opposition gegen meine Werke nicht immer von neutraler Seite kommt, zeigt amüsant ein Zwischenfall, der sich seinerzeit in Verbindung mit meinem Buche abspielte. Das führende nationalsozialistische Blatt hatte einen Artikel von einem Soldaten veröffentlicht, der vier Jahre lang in den Schützengräben focht. Der *Angriff* pries den Artikel, eine wörtliche Abschrift von fünf Seiten meines Buches, als grandiosen Tatsachenbericht, nicht »Remarques Erfindung«. Mein Buch hatte Erfolg, weil es in aller Einfachheit die menschliche Seite des Lebens in den Schützengräben wiedergab, menschliche Größe und Gebrechlichkeit, Mut und Schneid. Hätte ich versucht, den Kriegshelden auf ein übermenschliches Piedestal zu stellen, das Buch würde niemals soviel Erfolg gehabt haben. Heldentum ist unabhängig von Erfolg. Die deutsche Armee, der deutsche Soldat sind niemals im wahrsten Sinne heldenhafter gewesen als 1918, als Deutschlands Stern verblaßte. Zu jener Zeit war die technische Überlegenheit des Feindes so überwältigend geworden, daß das Heer nur hartnäckig bis zum bitteren Ende Widerstand leisten konnte, jeden Nerv spannend in einem heldischen Verteidigungskrieg.

Niemand kann wünschen, daß eine so furchtbare Zeit noch einmal kommt. Der größte technische und militärische Fortschritt könnte einen solchen Wunsch nicht rechtfertigen. Kein Vernünftiger kann eine Epidemie herbeiwünschen wie etwa die Pest, damit Ärzte an ihr ihre Geschicklichkeit zeigen.

Praktische Erziehungsarbeit in Deutschland nach dem Krieg (1944)

Man kann das Deutsche Volk grob in drei Gruppen unterteilen:

1. Leute mit Vor-Nazi-Erziehung, die sich gut an den Ersten Krieg erinnern oder an ihm teilnahmen. Alle sind nun älter als 44 bis hinauf zu 75. (Sie waren 1914 jeweils zwischen 14 und 45 Jahre alt. Die jüngste und die älteste Reserve.)
2. Leute mit vor 1933 abgeschlossener Vor-Nazi-Erziehung, die nicht am Ersten Krieg teilnahmen. Alle zwischen 30 und 44 Jahre alt. (1914 jünger als 14.)
3. Leute mit ausschließlicher oder überwiegender Nazi-Erziehung. Alle unter 30 Jahre alt. (Hitlerjugend, SA- und SS-Mitglieder und andere.)

Die *erste Gruppe* gibt vermutlich den größten Anteil brauchbarer Deutscher her. Der verlorene Krieg, die Härten, die Enttäuschungen, das Leid (die meisten von ihnen werden Söhne im Krieg verloren haben, Familienmitglieder in den Bombenangriffen, Besitztümer, Geld, Gesundheit und Arbeitsplätze) werden sie leicht überzeugbar machen. Unter ihnen gibt es drei Gruppen: die Katholiken, die Protestanten und die früher organisierten Arbeiter. Sie boten den Nazis den meisten Widerstand. Die ersten beiden für ihren Glauben (besonders die Katholiken mit ihren kämpferischen Bischöfen); unter den Protestanten die Gruppen um den Pastor und früheren U-Boot-Helden Niemöller und andere. Die deutschen Arbeiter gliedern sich in Kommunisten und frühere Sozialdemokraten. Die Sozialdemokraten bildeten die Regierung nach dem Ersten Krieg. Diese große Partei hatte sehr fähige und brauchbare Parteimitglieder, aber die schwächsten Führer, die wenige Wochen nach der Übernahme der Regierung in tödlicher Furcht vor den Kommunisten das ehemalige deutsche Offizierskorps aufforderten (Kriegsminister Noske), den Kampf zu organisieren, und damit sofort den Wolf zurückholten. Es wird wichtig sein, so viele Anhänger der Sozialdemokratie wie möglich zur Demokratie zurückzubringen (und es ihnen nicht zu schwierig zu machen), aber nicht, auch nur einem ihrer ehemaligen schwachen Führer wieder zur Macht zu verhelfen.

Die *zweite Gruppe* (Leute zwischen 30 und 44 Jahren) wird geringere Resultate erbringen. Es wird noch die religiösen Gruppierungen geben, die ehemaligen Mitglieder der Reichsbanner-Jugend (einer demokratischen Organisation) und die früheren Jugendmitglieder der Demokraten, Sozialdemokraten und des Zentrums. Hier, wie bei der ersten Gruppe, wird eine Reihe von Leuten zu finden sein, die in Konzentrationslagern waren oder noch sind oder unter der Aufsicht der Gestapo standen.

Die *dritte Gruppe* wird die schwierigste sein. Hierunter sind die fanatischen Mitglieder der Hitlerjugend, der SA- und SS-Formationen, die nie eine ausländische Zeitung lasen; nie etwas anderes hörten als durch die Partei-Blätter, -Radios und -Vorträge. Die sehr jungen Leute mögen durch intensive Aufklärung, Information und Unterweisung in den Schulen, Gymnasien und Universitäten geändert werden, was von großer Wichtigkeit sein wird. Wer die Jugend eines Landes gewinnt, bestimmt seine Zukunft.

Das erste, was in Deutschland getan werden muß, ist, den Nationalsozialismus zu zerstören. Und zwar bis auf die Wurzeln.

Jede Diktatur lebt von zwei Grundlagen: Angst und Erfolg. Sie waren in Deutschland: Gestapo und Siege.
Der verlorene Krieg und die Zerschlagung der Gestapo könnten es ermöglichen, daß eine große Mehrheit in Deutschland nach der Kapitulation den Natioalsozialismus ausreichend heftig angreifen wird. Angst vor Bestrafung, Angst vor Vergeltung, Enttäuschung, ein Großteil Opportunismus, der Versuch, rechtzeitig die Pferde zu wechseln, sich zu verstecken, zu entkommen, werden einige der Gründe dafür sein. Es wird ein erstaunliches Miteinander geben: Es wird nicht überraschen, ehemalige Parteimitglieder zu sehen, wie sie jedermann erzählen, daß sie nur das Schlimmste verhüten wollten und im Herzen nie Nazis waren, und frühere ausgeprägt nationalistische, militärische und industrielle Zirkel werden die Schuld für alles den Nazis anlasten, die nie Erfolg hätten haben können, wenn ihnen nicht von eben jenen Kreisen der Rücken gestärkt worden wäre, und natürlich all die Opportunisten, die stets dem Erfolg nachlaufen.
Dies alles wird nur oberflächlich sein. Nach dem Ersten Krieg war es ähnlich. Eine Welle des Antimilitarismus schwappte über das Land, und nach ein paar Monaten stieg der Militarismus langsam wieder auf, schlau, im Verborgenen, beharrlich. Man muß dieses Phänomen untersuchen, um geeignete Gegenmaßnahmen zu finden. Der deutsche Nazismus ist leichter zu zerstören als der deutsche Militarismus.

Einige der Maßnahmen, um den Nazismus zu zerstören:

Die breiteste öffentliche Informationsverbreitung über die Nazi-Greueltaten:

a) *vor dem Krieg.* Deutsche Konzentrationslager.
Die Folterkammern der Gestapo.

Das gewaltige Ausmaß an Diebstahl, Morden, Raub, Bedrängung, Unterdrückung; das Leben der Gauleiter, von Streicher, Goebbels, Göring, Ley und anderen; statistische Aufstellungen über ihren Diebstahl von Zeitungen, Fabriken, Eigentum, bis hinunter zu den kleinen Fischen; wie die meisten von ihnen sich bereicherten, sich vor Verantwortung und Kriegsdienst drückten; wie sie Bankkonten in neutralen Staaten hatten; und wie sie ihre Feinde und Zeugen töteten und einkerkerten, etc. Der schändliche Kampf von 60 Millionen Deutschen gegen 500 000 Juden.
b) *während des Krieges*. Konzentrationslager in Frankreich, Polen, Rußland etc., speziell das Lager von Lublin mit seinen Krematorien, Gaskammern etc.
Die Erschießung unschuldiger Geiseln; der Mord an Tausenden von Zivilisten, mit genauen Statistiken, Photos etc.
Die verhungernden Opfer Deutschlands in Griechenland, Polen, Rußland mit genauen Statistiken. (Nichts überzeugt Deutsche mehr als Statistiken.) Photographien!
Die Gestapo-Stellen mit Folterkammern in Frankreich, Norwegen, Polen etc. Photographien!
Der Mord an zahllosen Juden.
Die Massengräber in Polen und Rußland, mit Statistiken, Photographien ermordeter Kinder und Frauen.

All das sollte in der breitesten Öffentlichkeit gezeigt werden:
a) über Monate in Zeitungen. Augenzeugenberichte mit Photographien etc.,
b) in Radiosendungen,
c) in Filmen (die Hunderttausende von Kinderschuhen in Lublin, Photos von Erschießungen, von gefolterten Menschen, von Opfern der Konzentrationslager, von zerstörten Ortschaften etc.),
d) in Büchern, Broschüren, Flugblättern, illustrierten (Photo-) Büchern.

Geständnisse sollten beschafft und in gleicher Weise verbreitet werden.
Öffentliche Gerichtsverhandlungen schuldiger SS- und Gestapo-Mitglieder sollten für besonders grausame Fälle abgehalten werden, mit Übertragungen in allen Radiostationen.
Die Idiotien und die lächerlichen Seiten des Nazismus, der pseudo-wissenschaftliche Unsinn, die Lügen, die Unmöglichkeiten sollten in gleicher Weise verbreitet werden, in Artikeln, Büchern, Broschüren, in Sammlungen von Reden der Nazi-Führer, die ihre Widersprüchlichkeit zeigen etc.
Das Material hierfür sollte überwältigend sein. Zuerst wird es Ungläubigkeit hervorrufen, dann durch überwältigende Fakten überzeugen und schließlich eine Welle tiefster Scham, Schuld, Wut und Haß erzeugen in den Deutschen, auf die wir zählen. Sie müssen völlig davon überzeugt werden, daß der deutsche Name beschmutzt und ruiniert ist und daß der einzige Weg, *zumindest guten Willen zu zeigen* und ihn wiederherzustellen, ist, den Nazismus auszulöschen; in Deutschland auszulöschen von den ehrlichen Deutschen selbst. Es sollte eine Welle des Erwachens aus einem Alptraum sein, und *deutsche* Gerichte sollten darauf bestehen, gegen jeden Nazi und Kriegsverbrecher unerbittlicher und mit mehr Empörung zu verhandeln, als es irgendein Gericht der Alliierten je tun könnte. Solche Gerichte können stets unter strenger alliierter Kontrolle und Überwachung stehen, aber es würde große Wirkung erzielen, wenn sie in deutschen Händen wären. Die Geschworenen wird man in Konzentrationslagern finden, unter bekannten Antifaschisten und (mit Vorsicht, aber um der Wirkung willen) unter einigen eindeutigen Anti-Nazi-Offizieren (die nach den Verhandlungen sofort entlassen werden und ohne weiteren Einfluß bleiben sollten).
Je mehr ehrliche Deutsche man für die genannten Aufgaben finden kann, desto besser. Die deutsche Psyche reagiert auf

diesem Wege besser. Bücher der Anti-Nazi-Generale in Moskau etc. können hilfreich sein, um die schweren Fehler aufzuzeigen, den Mangel an Wissen und den sinnlosen Tod Hundertausender Soldaten, nachdem der Krieg bereits verloren war, nur um die schuldigen Nazis für ein paar weitere Monate zu retten. Bücher und Geschichten (von deutschen Soldaten) darüber, wie SS-Offiziere ihre eigenen Männer erschossen und in Krisenzeiten verschwanden, sollten publiziert werden.

Es ist von größter Wichtigkeit, mit allen Mitteln zu zeigen, wie Deutschland diesen Krieg vorbereitete; wie es die einzige vorbereitete Nation war (Beweis: die leichten Siege in den ersten Jahren); wie Hitler ein Versprechen nach dem andern brach; wie deutsche Nazis über die alliierte Naivität, Schwäche und den Wunsch, den Krieg zu verhindern, lachten; wie Deutschland den Luftkrieg begann, das Bombardement von Warschau, Rotterdam, London etc.

Dies ist zwar einfach, aber äußerst wichtig. Um eine neue Dolchstoßlegende zu verhindern, muß Deutschland wissen, daß es den Krieg und die Katastrophe über sich selbst brachte. Vielleicht kann man das Verhalten der Nazi-Führer am Kriegsende (besonders, wenn sie zu fliehen versuchen) als Propaganda-Maßnahme verwenden.

Wichtiger noch als den Nazismus zu zerstören, ist die Vernichtung des Militarismus, um einen Dritten Weltkrieg zu verhindern. Der Nazismus wird nach seiner Niederlage Deutschland nie wieder regieren. Eine untergegangene und geschlagene Diktatur kommt nie ein zweites Mal. Aber der Nazismus wäre in Deutschland nie erfolgreich gewesen ohne die typischen nationalen und militaristischen Zirkel. Sie unterstützten ihn. Sie werden nun versuchen, alle Schuld den Nazis zu geben, sich zu verstecken und für einige Zeit in den Untergrund zu gehen, um sich neu zu formieren und wieder aufzutauchen.

Der Nazismus wird mit ziemlicher Sicherheit nach dem Krieg beendet sein; Nationalismus und Militarismus nicht. Hier liegt die Gefahr. Es ist wichtig zu untersuchen, wie sie nach dem Ersten Krieg wiederauftauchten.
Deutschland verlor den Krieg ohne einen Feind auf deutschem Boden. Zur Zeit des Waffenstillstands standen deutsche Armeen tief in Frankreich, Rußland, Italien und auf dem Balkan. Später okkupierten die Alliierten nur das Rheinland. Niemals Berlin. Niemals Preußen. So war es leicht, die Legende zu erfinden, daß die Armeen siegreich waren; daß in zwei weiteren Monaten der Krieg gewonnen worden wäre; daß der Dolchstoß durch die Sozialisten, Kommunisten etc. das Desaster verursachte.
Der deutsche Generalstab, der einen Waffenstillstand innerhalb von 24 Stunden verlangt hatte, tat alles, um diese Tatsache zu verschleiern! Eine neu gebildete Regierung aus demokratischen und sozialistischen Führern war gezwungen, um Waffenstillstand zu bitten. Nach seinem Abschluß schob der Generalstab sofort die Schuld für den verlorenen Krieg auf eine Regierung, die erst seit wenigen Tagen an der Macht war. Diese Maßnahme war dermaßen erfolgreich, daß kurz danach die Morde an sozialistischen Führern durch fehlgeleitete nationalistische Jugendliche begannen. Bereits im Januar 1919 hatten deutschnationale Offiziere und Zirkel offen ihre Hauptquartiere im Eden Hotel in Berlin, unter dem Vorwand, den Kommunismus zu verhindern, aber mit dem Ziel, das alte Deutschland wieder zu errichten.
Bücher wurden veröffentlicht: *Im Felde unbesiegt* und ähnliche Titel, Memoiren, Regimentsgeschichten, Biographien, Zeitungsartikel – alle mit dem gleichen Tenor, die Reputation des unfehlbaren Generalstabs zu retten und aufrechtzuerhalten.
Fünfzig Millionen Deutsche sahen nie einen alliierten Soldaten, so war es leicht, sie davon zu überzeugen, daß nur ein

verdammenswerter Dolchstoß den letztendlichen Sieg verhinderte und daß man es ein zweites Mal besser machen würde.

So war es möglich, die Nöte der Nachkriegszeit, die Inflation, die Arbeitslosigkeit nicht den deutschen Kriegsführern und Kriegsparteien anzulasten, sondern den Friedensparteien, den demokratischen und sozialdemokratischen Führern, die redlich (wenn auch schwach) bemüht waren, Deutschland aus dem Elend herauszuführen. Die Legende vom Versailler Vertrag begann, dem Vertrag, bei dem unglücklicherweise nicht darauf bestanden wurde, ihn von Hindenburg und Ludendorff mitunterzeichnen zu lassen, oder besser noch von ihnen allein.

Nach diesem Krieg wird der deutsche Generalstab unverzüglich in ähnlicher Weise handeln. Er wird die Schuld für den verlorenen Krieg nun den Nazis und Hitler geben. Es wird verblüffend sein, wie umfassend die Weißwäscherei beginnen wird. Sie wird relativ leicht sein. Sie wird folgendem Tenor folgen: daß der Generalstab Hitler 1939 warnte, nur ein kurzer Krieg könne siegreich sein; daß er ihn davor warnte, Rußland den Krieg zu erklären oder Amerika. Das mag sogar wahr sein. So kann der Generalstab, vom Scheitern weißgewaschen, leicht versuchen, die Deutschen davon zu überzeugen, daß er wider besseres Wissen den Befehlen zu gehorchen hatte. Befehlsnotstand, das wird das Schlüsselwort nach dem Krieg sein. Nahezu jeder in Deutschland wird diese Entschuldigung für seine Taten haben. Man gehorchte nur Befehlen. Und die wenigen anderen werden erklären, daß sie nie diese Befehle erteilten.

So kann der Generalstab leicht aus dem verlorenen Zweiten Krieg mit noch größerem Ruhm wiederauftauchen! Der deutsche Soldat kämpfte tapfer; die Erinnerung an die Siege wird allgemein bleiben; die Schuld für alles, was schiefgelaufen war, geht an die Nazis, die, nun unbrauchbar, sofort

geopfert werden; und der Boden ist wieder bereitet für das Gift.
Möglich ist, daß es nach dem Krieg Revolutionen und kommunistische Wellen etc. in Deutschland geben wird. Der Generalstab und seine nationalistischen Zirkel werden sich nicht darum stören. Sie werden ihre Zeit abwarten. Was immer an Grausamkeiten, Unruhen etc. geschieht, werden sie später als Propagandawaffen verwenden. Sie werden nicht einen Finger rühren, um auch nur einen Nazi zu retten. Aber sie werden wissen, daß sie selbst völlig sicher sind. Wer wird einen deutschen General anklagen und ihm den Prozeß machen, der nur seine Pflicht tat? Hatte nicht Hindenburg, das Idol, der Feldmarschall selbst, den Herrn Führer ernannt? Was konnte ein deutscher Offizier denn anderes tun, als seinem Generalfeldmarschall zu folgen?
Ich wiederhole: Die allgemeine Erwartung heute ist, daß die Nazis in den Untergrund gehen werden. Sie werden es nicht; sie werden geopfert werden. Zu Beginn waren die Nazis die Sündenböcke der militärischen Zirkel; später übertrumpften die Nazis sie auf raffinierte Weise; aber sie arbeiteten politisch immer in ihre Richtung. Nun werden sie die Schuld für den verlorenen Krieg übernehmen müssen und sind dadurch unbrauchbar. Je mehr man auf sie einhämmert, desto besser. Der Lärm wird die Aufmerksamkeit von ihren Förderern ablenken. Sie werden untertauchen, wie nach dem Ersten Krieg.
Ihr erstes Opfer werden die Millionen entlassener Soldaten sein. Nach dem Ersten Krieg waren Millionen deutscher Soldaten anti-militaristisch eingestellt. Sie hatten genug vom Krieg. Aber bald begann sich die Erinnerung an den Krieg von einem Alptraum zum größten Abenteuer ihres Lebens zu wandeln. Nur die Toten können über den Krieg das letzte Wort sagen; sie gingen bis zur letzten Konsequenz. In den meisten Überlebenden beginnt langsam ein Prozeß der Le-

gendenbildung. Die Entbehrungen werden verklärt; das Routine-Leben im Frieden, im Beruf, die Enttäuschungen, reguläre Arbeit, wenig Arbeit oftmals, sind nach einer Weile der Freude langweilig, verglichen mit den Jahren schrecklicher Abenteuer. Junge Offiziere, die über Leben und Tod von Zügen und Kompanien entschieden, stehen plötzlich wieder in Berufen wie Buchhalter, kleiner Beamter etc. und werden von Leuten herumkommandiert, für die sie in Uniform nur Verachtung übrighatten. Ähnlich die Unteroffiziere. Das lange gemeinschaftliche Leben mit vielen gibt Soldaten einige Monate nach der Heimkehr ein Gefühl der Einsamkeit. Sie wollen wieder zusammenkommen, sich erinnern, Erinnerungen austauschen; sie bilden Vereine; sie treffen sich einmal im Monat oder so, als Zivilisten natürlich (Kriegervereine, Offiziersklubs etc.). Jedes Dorf in Deutschland hatte sie. Sie wurden unter der geschickten Führung ehemaliger Offiziere geeint und organisiert, wurden dann politisiert, bald nationalistisch und eine große Macht (Stahlhelm, Deutscher Offiziers-Bund, Frontkämpferbund etc.).
Man kann versuchen, soziale Zusammenkünfte ehemaliger Soldaten zu verhindern. Das wird schwierig sein. Es ist besser, es in der Öffentlichkeit als heimlich geschehen zu lassen und sie zu kontrollieren und zu beeinflussen und die demokratischen Organisationen vergleichbarer Art zu unterstützen (ehemaliges Reichsbanner etc.).
Das zweite Opfer wird die deutsche Mittelklasse sein. Man wird sie mit dem alten Gespenst ängstigen – Kommunismus. Aus diesem Grund wird die nationalistisch gesonnene Klasse (Junker, Offiziere, Industrielle etc.) möglicherweise ein zeitweiliges kommunistisches oder dem Kommunismus nahestehendes Regime in Deutschland begrüßen, einige Terror-Akte für spätere Propaganda eingeschlossen, um nach einer Weile als Retter wiederaufzutauchen. Die deutsche Mittelklasse ist absolut anti-kommunistisch und dafür prädesti-

niert, einer raffinierten Öffentlichkeitsarbeit zu verfallen (zu Beginn vielleicht als »Nationale Demokraten« oder so).
Das dritte Opfer wird die Jugend sein. Es gab in Deutschland Hunderttausende dekorierter Soldaten. Es wird Tausende Geschichten von Heldentum geben, Augenzeugenberichte, Lufthelden, U-Boot-Helden, Helden-Jungen, nur 17, 13 Jahre alt, die alle leicht die Köpfe gelangweilter Jungen auf den Schulbänken entflammen können. In einem Alter, in dem sie Mathematik oder Latein lernen müssen, kämpften die anderen schon in Afrika, Griechenland und in Flugzeugen und U-Booten. Die menschliche Erinnerung ist unglücklicherweise ein Sieb; nach einigen Jahren sind die Erregung und das Abenteuer des Krieges lebendig geblieben, aber der Schrecken wird leicht vergessen. Napoleon, der Frankreich durch Ausblutung ruinierte, war wenige Jahre nach seinem Tod immer noch der große Kaiser und die Legende eines Landes, das seit seiner Zeit ständig sinkende Geburtenraten hatte, aufgrund des Verlustes von zu viel Blut.
Ein viertes Opfer werden die Reste der Nazis sein, verstreute Partei-Mitglieder, Herumtreiber, Sturmtruppler, die seit Jahren nicht an irgendeine Arbeit gewöhnt waren, und die typischen großmäuligen Opportunisten, die jedes Land hat.

Diese Dinge zu verhindern, ist eine sehr schwierige Aufgabe. Man sollte damit in der Schule beginnen. Die Schulbücher müssen gründlich überarbeitet werden. Sie wurden nie groß verändert nach dem Ersten Krieg. Zuerst wurden die Geschichten über und die Gebete für den Kaiser entfernt. Der Rest, der Ruhm der deutschen Kriege etc., blieb.
Es ist wichtig, nicht nur zu streichen, sondern andere Ideale aufzubauen. Das Ideal der Demokratie hat zwar viel Vernunft, aber wenig Glanz, besonders in Europa. Hier liegt eine erstrangige Aufgabe. Einige Linien, denen man folgen sollte: die Verherrlichung des Krieges durch die Verherrli-

chung der Freiheit ersetzen; die Helden der Zerstörung durch die Helden der Wissenschaft und des Aufbaus; das Ideal militärischen Gehorsams durch das Ideal persönlicher Unabhängigkeit; den Stolz des Soldaten durch den Stolz der Persönlichkeit; nationalen Chauvinismus durch nationalen Stolz, für die Humanität zu arbeiten. Der Mythos der Herrenrasse muß zerstört werden, sein Unsinn erklärt und lächerlich gemacht werden.

Unterricht in Geschichte muß nicht eng auf die Nation begrenzt werden wie bisher, sondern auf internationale Geschichte erweitert werden, um die Abhängigkeit aller Länder voneinander und damit das Verbrechen des Krieges unter zivilisierten Nationen aufzuzeigen. Die Jugend braucht Helden, aber es gibt genug Helden in der Wissenschaft, der Medizin, Helden des persönlichen Opfers für menschlichen Fortschritt, der Erforschung der Welt, selbst im Sport, um die Generale zu ersetzen. Die schrecklichen Verluste in den Kriegen sollten betont werden – die Verluste an menschlichem Leben, an Besitz, durch Zerstörung von Kunstwerken, an nationalem Einkommen etc. Es sollte gezeigt werden, daß, wenn das Geld, das für die Kriege ausgegeben wurde, statt dessen in Fortschritt, Zivilisation und Humanität investiert worden wäre, die Welt leicht so etwas wie ein Paradies sein könnte.

Man sollte das mit Tabellen und Fakten untermauern. Man sollte beweisen, daß in einer Zeit, wo ein Flugzeug in wenigen Stunden alle europäischen Grenzen überqueren kann, kein Konflikt zwischen europäischen Nationen so unlösbar sein kann, daß er einen Krieg mit seinen Schrecken rechtfertigt. Es sollte gezeigt werden, daß ein zukünftiger Krieg selbst diesen letzten zu einem Kinderspiel machen würde; daß ganze Länder und Völker zerstört werden würden und daß sich ein Krieg noch nie ausgezahlt hat – nicht einmal für den Sieger.

Dies sind nur einige wenige Punkte, aber die ganze Arbeit ist von größter Wichtigkeit und sollte von den besten Köpfen der Nationen geleistet werden und nicht, wie bisher, von einigen pensionierten reaktionären Professoren oder einigen halb-reaktionären Lehrer-Verbänden.
Um die Kinder zu erziehen, muß man die Lehrer erziehen. Dies meint zuerst die Lehrer-Ausbildungsstätten (Präparanden, Anstalten und Lehrerseminare). Ihre Ausbildung zur Zeit der Nazis war grauenhaft; davor war sie nur jämmerlich. Lehrer wurden in Deutschland schlecht bezahlt. Sie sollten besser bezahlt werden. Das würde sie schon interessierter machen. Es gab einen alten Spruch im kaiserlichen Deutschland: »Alle deutschen Siege wurden von deutschen Lehrern errungen.« Darin liegt eine Wahrheit. Wer die Lehrer gewinnt, gewinnt die Jugend. Deshalb sollte die Ausbildung der Lehrer erweitert und gefördert werden. Sie sollten politisch-demokratische Kurse besuchen und die Möglichkeit erhalten, Universitäten besuchen zu können (es gab nur einen einzigen halbherzigen Versuch dazu zu Beginn der Weimarer Republik). Sie sollten Gewissen und Vertrauen darin zeigen, daß sie von der Regierung in ihrem demokratischen Streben unterstützt werden. Die Lehrer-Verbände könnten mit dem Kulturministerium eng verbunden werden und kontinuierlich neues Material, neue Ideen und neue Ermutigung erhalten.
Das gleiche gilt für Hochschul- und Universitätsdozenten und für Professoren. Die Rektoren und Dekane der Universitäten sollten sorgfältig ausgewählt werden. Die deutschen Hochschul-Dozenten und Universitäts-Professoren gaben ein schlechteres Beispiel ab als viele einfache Schullehrer, indem sie sich vor jeder Macht beugten.

Die Aufgabe, die erwachsenen Deutschen umzuerziehen, kann nach den gleichen Prinzipien wie bei der Jugend erfolgen. Der Schrecken der Kriege sollte breit publiziert werden.

(Zwei der besten Bücher gegen den Krieg, die nur Dokumente und Photographien zeigten, wurden in Deutschland zehn Jahre vor den Nazis verboten und eingestampft. Der Film *Im Westen nichts Neues* wurde 1930 verboten, drei Jahre vor Hitler, von Mitgliedern einer Regierung, nun Flüchtlingen, die versuchen werden, nach Hitler erneut an die Regierung zu kommen.)
Bücher mit Dokumenten, Fakten, Photos sollten die Sinnlosigkeit aufzeigen, die weiße Rasse aus schierer Machtgier zu vernichten. Durch Fakten sollte sich die Schuld Nazi-Deutschlands und seiner Förderer, die Schrecken, zu denen das führte, das Elend, der Hunger und der Tod von Millionen ins Gedächtnis einprägen.
Die Feinde der Demokratie werden erneut versuchen, die Schuld für die Not, die dem Krieg folgt, der Regierung zuzuschieben, die ihre Konkursmasse übernehmen wird. Es ist von größter Wichtigkeit, dem von Anfang an entgegenzuwirken.
Nach dem Ersten Krieg erhielten die demokratischen Führer Deutschlands sehr wenig Unterstützung von den siegreichen Nationen. Im Gegenteil wurden sie oft behandelt, als wären sie geschlagene Generale, am Krieg schuldig. Dieses Verhalten wurde sofort zu einer mächtigen Propagandawaffe ihrer Gegner. Eine demokratische neue deutsche Regierung wird nicht nur Kontrolle benötigen, sondern auch Hilfe, Hilfe gegen die inneren Feinde.
Ein großes Hindernis für die Demokratie nach dem Ersten Krieg wurde in Deutschland durch die juristischen und anwaltlichen Berufe errichtet, von den Gerichten, Staatsanwälten etc. Die meisten waren ehemalige Offiziere und Mitglieder nationalistischer Studentenverbindungen. Sie waren unabhängig, meist reaktionär, und taten alles in ihrer Macht Stehende, um ihre eigenen Kreise zu unterstützen. Bald war allgemein bekannt, daß ein rechter Mörder normalerweise

mit der leichtesten (selbst Zuchthaus-) Strafe davonkam (seine edlen Motive, Vaterlandsliebe), während jeder Demokrat und Linke nur ein gewöhnlicher Krimineller war, für den schärfste Bestrafung angemessen war. Die Nazi-Horden wurden auf diese Weise lange vor 1933 zu jeglicher Art terroristischer Verbrechen ermutigt; sie wußten, daß sie immer davonkommen würden. Die ehrlichen Gerichte und Richter wurden bedroht und ihre Urteile oftmals von übergeordneten reaktionären Gerichten aufgehoben.
Eine scharfe Kontrolle und vielleicht ein Wandel gewisser Verfahrensregelungen wird hier sehr notwendig sein. Das gleiche trifft auf die reaktionären Studentenverbindungen zu. Ihr Einfluß war weitreichend, weil jedes Mitglied immer ein Mitglied blieb (inaktiver Status), und deshalb waren sie eine Organisation vom 80jährigen hohen Regierungsbeamten bis hinunter zum jüngsten Studenten; sie unterstützten sich gegenseitig, wählten nur Mitglieder für wichtige Posten im zivilen Leben aus und hatten großen Einfluß an Universitäten und später in allen Bereichen akademischer (mit der Voraussetzung universitärer Ausbildung) Positionen im zivilen Leben (Recht, Hochschule, Erziehung, Universitäten etc.).
Es dürfte nicht ausreichen, die Verbindungen zu zerschlagen, um diese Zirkel aufzubrechen. Von der Regierung sollte sichergestellt werden, daß die universitäre Ausbildung kein Privileg jener Klassen ist, die dafür bezahlen können, sondern durch Unterstützung und Förderung auf breiter Basis auf fähige demokratische Jugendliche ausgeweitet wird (Stipendien, Gebührenfreiheit, Abendkurse). Nach dem Ersten Krieg gab es einige zaghafte Versuche (Volkshochschulen etc.), die aber völlig unzureichend waren.

Wenn es Deutschland nach dem Krieg erlaubt sein sollte, einige zehntausend Mann als Polizei zu haben, sollten die Polizisten und besonders die Vorgesetzten mit Sorgfalt ausgewählt werden. Zweimal gelang es Deutschland und Preußen nach einer Niederlage, eine zahlenmäßig limitierte Armee zu vergrößern, ohne erwischt zu werden, lediglich durch die Entlassung von Zehntausenden ausgebildeter Soldaten jährlich und der Einberufung neuer Rekruten, wodurch eine stetig wachsende Reserve gebildet wurde.

Ein besiegtes, besetztes Land wird leicht zu einem Land der Hassenden. Kleine Fehler können sehr schnell zu Propaganda-Waffen werden. (Man beachte den Einsatz farbiger französischer Truppen im Rheinland nach dem letzten Krieg.) Und Haß ist eines der Fundamente des Krieges.
Den Haß zu vermeiden, wird eine schwierige Aufgabe sein. Eine der Nazi-Übertreibungen kann dabei helfen. Die Deutschen werden plötzlich entdecken, daß die Alliierten nicht so sind, wie die Nazis sie ihnen beschrieben hatten. Weiterhin sollte ständig betont werden, wie sich die Deutschen in den eroberten Ländern verhielten (Polen, Frankreich, Griechenland, Norwegen etc.). Es sollte immer und immer wieder verbreitet werden, wie sie barbarische Gesetze einführten, Geiseln erschossen, Konzentrationslager errichteten, Verdächtige folterten, Juden ermordeten und beraubten, Menschen zu Zwangsarbeit verurteilten, ganze Länder verhungern ließen etc. Und dies sollte verglichen werden mit der vergleichsweise wesentlich milderen Behandlung des besiegten Deutschlands. Wenn Deutschland irgendwelche Hilfe erhalten sollte, Lebensmittel, Anleihen oder ähnliches, sollte sie breit angekündigt werden.
Die Auflösung der Gestapo, die Annullierung von Gefängnis- und Todesstrafen ohne oder ohne faire Gerichtsverhandlung, die Neuordnung der Justiz, die Wiederherstellung von Ordnung, Rede- und Gedankenfreiheit können mit großer Wirkung betrieben werden. Das Radio, gewöhnlich von der Regierung kontrolliert, sollte ständig in Verbindung mit

Zeitungsartikeln, Büchern, Kurzfilmen (die Episoden des Gestapo-Regimes zeigen) etc. genutzt werden, um zu zeigen, daß die Besetzung eines Landes gleichzeitig auch seine Befreiung bedeuten kann.

Halbherzige Maßnahmen sind schlechter als überhaupt keine Maßnahmen. Eine neue demokratische Regierung in Deutschland muß Macht besitzen. Sie muß den inneren Feind bekämpfen. Deshalb kann sie nicht rein demokratisch sein. Sie kann ihren Feinden nicht die gleichen Rechte einräumen. Der innere Feind ist gerissen und seit Jahrhunderten mit der Taktik vertraut. Die deutsche Demokratie nach dem Ersten Krieg wurde durch die Prinzipien der Demokratie zerschlagen. Sie war nicht stark und alt genug, und ihre Führer waren zu schwach und zu bemüht, den reaktionären Parteien zu gefallen oder sie davon zu überzeugen, daß sie trotz allem gute Deutsche seien. Selbst in den meisten Sozialdemokraten steckte ein Teil eines gehorsamen Soldaten. (Man erinnere sich an die erste Reichstagsabstimmung 1914; alle linken Parteien votierten für den Krieg.) Die Parteisekretäre waren keine Kämpfer; nachdem sie Erfolg hatten, wurden viele von ihnen ängstliche Kleinbürger, die mehr bestrebt waren, Karriere zu machen als zu kämpfen. So organisierten ihre Feinde die Ermordung der Demokratie unter den Auspizien der demokratischen Prinzipien: durch den Gebrauch der Freiheit der Rede, der Versammlung, der Organisation.
Dies sollte nicht wieder geschehen. Deshalb kann die Demokratie in Deutschland nicht sofort so eingeführt werden, wie sie in Amerika oder in England existiert. Es sollte eine (gemäßigte) diktatorische (um ein verhaßtes Wort zu gebrauchen) Demokratie sein – die demokratische Prinzipien erzwingt, aber nicht alle Freiheiten all ihren Feinden gewährt. Oder mit anderen Worten, es sollte eine gestufte Demokra-

tie sein – die schrittweise mit ihrer wachsenden Stärke einer absoluten Demokratie näher kommt, aber wachsam für wenigstens eine oder zwei Generationen ist.

Die Führer? Es gibt viele ehemalige Führer in Amerika und England, derzeit als Flüchtlinge. Nahezu alle von ihnen sind einmal gescheitert, und wer würde einem Wachhund vertrauen, der einmal das Haus Räubern und Mördern überließ?
Es gibt noch immer eine Untergrundbewegung in Deutschland. Man wird dort vertrauenswürdige Männer finden. Man wird einige in Gefängnissen und Konzentrationslagern finden.
Deutsche Generale und höhere Offiziere, die antifaschistisch wurden (Moskauer Bewegung), dürften aus Gründen der Propaganda von einigem Nutzen sein – aber niemals für die Führung.

* * *

Dieser kurze Überblick ist äußerst beschränkt. Er zeigt nur einige Punkte, die für eine praktische Erziehungsarbeit in Deutschland von Wichtigkeit sein könnten. Deshalb läßt er alle ökonomischen, finanziellen und andere Fragen außer acht. Er diskutiert des weiteren nicht die Fehler, Schnitzer und Versäumnisse der Weltpolitiker seit 1918, die eine große Hilfe für die deutschen Nationalisten und Nazis waren, und er beschäftigt sich nicht mit der Frage, ob es einen harten oder gemäßigten Frieden für Deutschland geben soll oder ob man es für hoffnungslos hält, die Deutschen umzuerziehen, oder nicht. Dieser Überblick beruht auf der Tatsache, daß man es einfach versuchen muß – mit allen Mitteln versuchen muß. Die Zukunft und der Weltfrieden hängen davon ab.

M. Feldmann

Gespräch mit E. M. Remarque (1946)

Seit einigen Monaten vergeht kein Tag, an dem nicht der Name Remarque immer wieder in den Spalten der amerikanischen Presse auftauchen würde. Sein neuester Roman *Arch of Triumph* hat alle bisherigen Auflagenrekorde geschlagen. Hollywood dreht eine Filmversion mit Ingrid Bergmann in der Hauptrolle, und Remarque selbst ist derzeit populärer als Clark Gable.

Wer die Laufbahn Remarques seit 1929, dem Jahr des Erscheinens von *Im Westen nichts Neues*, verfolgt hat, der wundert sich über den gigantischen Gegensatz, die literarische Spannung zwischen Remarques erstem und neuestem Buch. Als Remarque vor 18 Jahren in seinem Heimatort Osnabrück – wo er eine abwechslungsreiche Laufbahn als Schulmeister, Grabsteinhändler, Autorennfahrer, Büroangestellter und Sportberichterstatter führte – die Erlebnisse des Ersten Weltkrieges zu Papier brachte, fühlte er keine »Berufung« in sich. Er schrieb täglich einige Seiten, ohne sich dabei etwas zu denken. Daß *Im Westen nichts Neues* jemals zu einem Kampfmittel gegen den Krieg werden könnte, davon hatte damals der junge Remarque nicht einmal geträumt. Ja, er hatte die größten Schwierigkeiten, für dieses Buch einen Verleger zu finden. Ein Besuch bei S. Fischer in Berlin war nicht geradezu ermutigend. »Kein Mensch interessiert sich für Kriegsromane«, sagte ihm damals der alte Verleger. »Es tut mir leid, aber ich kann unter diesen Umständen so ein Buch nicht verlegen.«

Der Remarque von heute wählt sein Thema mit Absicht und

verfolgt dabei eine gewisse Linie, die sich darin ausdrückt, daß er das rein Menschliche allem anderen voranstellt. Es ist kein bloßer Zufall, daß er als Grundlage für sein *Arch of Triumph* die Pariser Emigration der dreißiger Jahre wählte. Als er damals von seinem kleinen Besitz in Ascona Ausflüge nach Paris unternahm, sah er zum ersten Mal die Auswirkungen der Tragödie der Emigration in allen Einzelheiten, in den kleinen Dingen des Alltags und in der großen, geistigen und seelischen Haltung von Männern und Frauen, die noch gestern festen Boden unter ihren Füßen spürten und heute zu heimatlosen Lumpenproletariern herabgesunken waren. Remarque beobachtete, wie der Faschismus diese Menschen nicht nur ihrer Heimat, ihrer Besitztümer, sondern auch ihres Lebens beraubt hatte. Obwohl er selbst ein eigenes Haus in der Schweiz besaß und finanzielle Sorgen nicht kannte, fühlte er sich mit seinen Landsleuten in Paris innerlich mehr verbunden, als die meisten von ihnen ahnten. Remarque erkannte, daß die Emigration nicht nur ein Existenzproblem war für Menschen ohne Heimat, sondern ebenso ein geistiges Problem – das Problem des Entwurzeltseins und des Sichwiedereinwurzelnmüssens, wie er selbst, der schon 1931 freiwillig ins Exil ging, es erfahren hatte.

Wenn er in seinem *Arch of Triumph* Einzeltragödien, Individuen der Emigration schildert, dann malt er gleichzeitig ein Stück moderner Zeitgeschichte.

Als ihn der Verfasser dieses Aufsatzes in seinem New Yorker Hotel besuchte, gestand Remarque mit der ihm angeborenen Offenheit und Natürlichkeit, daß er das Problem des deutschen Schriftstellers im Exil als besonders schwierig betrachte.

»Der Schriftsteller in der Fremde«, erklärte Remarque, »hat einen doppelten Kampf zu führen: den um seine geistige Existenz und den um seine Arbeit. Der deutsche Schriftsteller, der keine Verbindung mit seinem Lande hat, für den das

Exil zu einer ständigen, dauerhaften Einrichtung geworden ist, ist wie ein Frontsoldat ohne Hinterland. Er kann nicht wie der Schriftsteller anderer Länder«, sagte Remarque, »aus der reichen, sprudelnden, frischen Quelle seiner Heimat schöpfen, er konnte seit dreizehn Jahren seine Bücher nicht in seinem eigenen Lande verlegen und war fast immer nur auf Übersetzungen seiner Bücher angewiesen. Keine Übersetzung aber kann dem Originalmanuskript gerecht werden. Die Originalität jedes Schriftstellers beruht zum großen Teil auf seiner Sprache. Rhythmus und Klang der Sprache sind die beiden Dinge, die nicht übersetzt werden können. Viele sogenannte Intelligenzberufe«, fügte Remarque hinzu, »wurden vielfach im Ausland ausgeübt. Ärzte, Ingenieure usw. haben in einer Fremdsprache ihre Prüfungen bestanden und sind heute erfolgreich tätig. Professoren arbeiten an amerikanischen Universitäten. Andere Emigranten haben neue Berufe ergriffen, oft in sehr vorgerücktem Alter, und haben so eine Existenz gefunden. Schwieriger war es für den Schriftsteller. Er kann sich nicht einfach ›umstellen‹, selbst wenn er will. Er kann nicht ohne weiteres in die Literatur des adoptierten Landes hineinspringen. Seine Probleme waren durch sein bisheriges Leben europäische oder in meinem Falle deutsche. Über Deutschland aber ist die Dampfwalze des Faschismus dahingerollt, und der Schriftsteller weiß nicht, ob das, was er von drüben kannte, überhaupt noch existiert. Sein Arbeitsgebiet ist sehr schmal geworden, wenn er nicht historische Themen bearbeitet. Das Deutschland, das er kannte, existiert nicht mehr, das der letzten dreizehn Jahre, das er beobachtete, erfüllte ihn mit Entsetzen und Haß. Es bleibt ihm fast nur das schmale Gebiet der Emigration, das sich bald erschöpft. Eine doppelte Emigration – erst die von Deutschland, dann die von Europa – machte das Verwurzeln noch schwieriger. Viele wurden stumm; andere zogen sich zurück, um Arbeiten zu vollenden, die weit ent-

fernt vom Zeitgeschehen waren, andere verzweifelten. Der Freitod Ernst Tollers und Stefan Zweigs waren Zeichen dafür, wie schwierig die Krise war. Dazu kamen bei manchem große materielle Sorgen; Namen, die jeder drüben kannte, konnten keine Verleger finden. Einige der Besten waren fast unübersetzbar: ihre Eigenart, ihr Stil waren nicht zu übertragen. Dazu kam die leidenschaftliche Teilnahme an der europäischen Katastrophe. Eine Zeit, in der jede Zeitung täglich voll Nachrichten ist, wie früher nicht in einem Jahr, ist kein gutes Medium für die Monate von Besinnung und Konzentration, die ein Buch braucht. Es ist zu hoffen, daß sie einmal geschildert wird – aber es kann noch Jahre dauern.«
Auf die Frage, ob Remarque die Absicht habe, wieder nach Deutschland zurückzukehren, antwortete er:
»Nach Weihnachten werde ich nach der Schweiz fahren und von dort nach Deutschland, um an Ort und Stelle alle Veränderungen zu studieren. Ich werde jedoch nicht wieder in Deutschland leben. Ich möchte mich selbst davon überzeugen, wieweit es dem Faschismus gelungen ist, die deutsche Kultur und das deutsche Denken zu beeinflussen. Solange ich nicht in Deutschland diese Dinge studiere, halte ich es für unmöglich, mir irgendein Bild zu machen. Allerdings bin ich nicht der Meinung, daß alle Deutschen unterschiedslos als Faschisten zu bezeichnen sind. Ich selbst habe eine Schwester und viele Freunde verloren, die von der Gestapo ermordet wurden. Viele wurden vergast, in die Konzentrationslager und Kerker geworfen. Daß diese Menschen, die ihr Leben im Kampf gegen Hitler und das deutsche Militär riskierten, nicht in den gleichen Topf mit Faschisten und gleichgültigen Kleinbürgern geworfen werden können, ist zu offenkundig, als daß es noch einer näheren Begründung bedürfen würde. Allerdings, von diesen verhältnismäßig wenigen Ausnahmen abgesehen, muß das deutsche Volk in sei-

ner überwältigenden Mehrheit dazu gebracht werden, daß es die Verantwortung für das Völkerschlachten, für die Okkupation fremder Länder, für die Ermordung von sechs Millionen Angehöriger der israelitischen Glaubensgemeinschaft freiwillig auf sich nimmt. Der deutsche Bürger muß endlich zu dem Resultat kommen, daß jeder Militarismus immer nur Unglück für das deutsche Volk bedeutet hat und daher entschiedenst abzulehnen ist. Wie tief der Militarismus selbst in den liberalsten Kreisen des deutschen Volkes verankert ist, bewies mir eine kleine Episode wenige Monate nach dem Erscheinen von *Im Westen nichts Neues*. Eines Tages erhielt ich eine Depesche von einem führenden deutschen pazifistischen Schriftsteller, in der er gegen die Art meiner Darstellung des deutschen Frontsoldaten protestierte. Er vergaß nicht zu erwähnen, daß er als ›deutscher Reserveoffizier darüber empört‹ sei.«

Meine nächste Frage galt dem Problem der Erziehung des deutschen Volkes. »Sehen Sie«, sagte Remarque, »das ist etwas, das für die Alliierten fast unmöglich ist. Es gibt keine wirkliche Völkererziehung durch die Macht fremder Völker. Generale der Alliierten, auch wenn sie es noch so gut meinen, können nicht ein ganzes Volk ›umerziehen‹, wie es die Amerikaner nennen. Die Wandlung des deutschen Volkes kann nur von innen, nur durch das deutsche Volk selbst herbeigeführt werden. Das, was die Alliierten zur Demokratisierung Deutschlands beitragen könnten, ist das gute Beispiel in ihren eigenen Ländern und eine aktive, zielbewußte, energische Unterstützung aller Deutschen, die inner- und außerhalb Deutschlands ihr Leben im Kampf gegen den internationalen Faschismus eingesetzt haben.«

Unser Gespräch kommt schließlich auf die amerikanische Literatur. »Was die amerikanische Literatur betrifft«, sagte Remarque, »kann man schon lange nicht mehr auf sie herabsehen. Die amerikanischen Schriftsteller der Gegenwart ste-

hen auf einem sehr hohen Niveau. Ich nenne nur Hemingway, Steinbeck, Faulkner, Upton Sinclair, Thomas Wolfe, Sinclair Lewis. Der amerikanische Film dagegen, der im Ausland so sehr bekannt ist, ist in seiner geistigen Entwicklung ziemlich steckengeblieben. In Hollywood wird zuviel schablonenhaft gearbeitet. Es gibt keinen Platz, wo mehr über Kunst geredet und weniger dafür getan wird, als Hollywood. Die Kombination von Geschäft, Zensur, Sensation und Kunst ist fast immer tödlich, von einigen Ausnahmen abgesehen. Rein technisch ist die amerikanische Filmindustrie erstklassig. Studios kaufen für viel Geld das Buch eines guten Autors und geben es dann einem halben Dutzend ihrer angestellten, mittelmäßigen Schriftsteller, um ein schwaches Manuskript daraus zu fabrizieren. Der Autor arbeitet einige Jahre an seinem Buch; der Filmschriftsteller muß ein Manuskript in einigen Wochen zusammenschreiben; das Resultat sieht meistens danach aus. Selbst wenn einer dieser Mittelmäßigkeiten ein gutes Manuskript schreiben könnte: da ist der Produzent, da ist der Regisseur, da sind ein halbes Dutzend anderer Leute, die ihm dreinreden und sein Manuskript verändern. Jeder weiß es besser als der Autor. Was soll da herauskommen? Selten ein guter Film.
Die russischen Filme der Eisenstein und Pudowkin, die französischen Filme, die Schweizer und englischen Filme, die herüberkamen, sind alle besser als viele teure Spitzenleistungen Hollywoods. Warum? Künstler waren an der Arbeit. Der Star war nicht das Wichtigste und das Manuskript das Unwichtigste, sondern umgekehrt. Man versuchte das wirkliche Leben darzustellen, nicht eine billige Nachahmung nach herkömmlichen Regeln. Dabei gibt es in Hollywood viele talentierte Künstler.«
Zuletzt fragte ich Remarque, was er denn eigentlich von seinem eigenen Film erwarte. »Nun, Lewis Milestone, der *Im Westen nichts Neues* gedreht hat«, antwortete Remarque,

»ist der Regisseur. *Im Westen nichts Neues* gilt als einer der zehn besten Filme, die je gedreht wurden. Ich kann das sagen, da ich mit dem Film nichts zu tun hatte. Die Schauspieler sind die besten, die man in Hollywood finden kann. Die Produktionsgesellschaft ist neu geformt. Dies ist ihr erster Film.«
Über die Zukunft und seine eigenen Pläne sagte er: »Das Schicksal hat uns zu Weltbürgern gemacht. Amerika war eine ausgezeichnete Schule. Man hat viele Vorurteile abgestreift, den Blick erweitert, viel Neues aufgenommen. Es war eine harte Schule, aber wer sie bestanden hat, hat viel gewonnen. Amerika hat die Emigranten als gleichberechtigt aufgenommen, hat ihnen erlaubt, zu arbeiten, Bürger zu werden. Eine kluge Politik: Viele der besten Europäer in Wissenschaft und Kunst sind heute Amerikaner. Nicht zum Schaden des Landes. Aus der Völkerwanderung der Intelligenz hat Amerika eine gute Ernte gemacht. Ich persönlich werde in Europa und in Amerika leben; wahrscheinlich in New York und in der Schweiz. In dem einen, um in Kontakt mit Europa zu bleiben, in dem andern, um die Wurzeln in Amerika zu verbreitern. Nähe und Distanz, beides, eine gute Kombination.«
»Die Zeit der Zerstörung«, äußerte sich im weiteren Gespräch Remarque, »ist vorüber. Der Aufbau muß beginnen, trotz aller Schwierigkeiten und Widerstände. Zynismus gegenüber Ländern, die Millionen von Menschen verloren haben und deren Städte zerstört sind, ist billig. Man muß an die Zukunft glauben, an eine bessere Zukunft. Die Welt will Frieden, trotz gewisser Politiker. Und die Welt will wieder die Dinge haben, an die sie glauben kann. Hier liegt die Aufgabe des Zeitschriftstellers. Sie zu finden, sie darzustellen. Es sind, wie immer, die einfachsten Probleme: Menschlichkeit, Verständnis, Fortschritt, Hilfsbereitschaft. Der Mensch ist gut, trotz allem. Sonst wäre die Atombombe die einfachste Lösung.«

Der Funke Leben. Vorwort (1952)

Dieses Buch beabsichtigt nicht, ein detaillierter Report über ein bestimmtes Konzentrationslager zu sein. Solche Bücher sind bereits in großer Anzahl erschienen; fast immer geschrieben von früheren KZ-Lager-Insassen.

Der Funke Leben will etwas anderes. Es will zeigen, wie in einer Umgebung von Verzweiflung, Tod und Grausamkeit, in einer Existenz, die unerträglich scheint, trotz allem Menschentum, Mut und Geist überleben und stärker sind als ihre Bedrücker.

Das KZ-Lager Mellern hat als solches nicht existiert. Nichtsdestoweniger ist es so sehr auf Tatsachen, Dokumenten, offiziellen Berichten aus verschiedenen Lagern und Beschreibungen von vielen ehemaligen Häftlingen basiert, daß es existiert haben könnte. Jeder, der mit der Materie vertraut ist, wird leicht Personen wie den Bunkerführer Breuer (bis zu dem elektrisch beleuchteten Totenkopf in seinem Zimmer) (Buchenwald), den Scharführer Niemann und andere, ebenso wie Heinrich Himmlers Vorliebe für Kaninchen und seine völlig die Situation verkennende Selbsteinschätzung (ob nur zu salutieren oder mit Händedruck sich zu ergeben) vor der Gefangennahme im Kommandanten Neubauer wiedererkennen.

Die Beschreibung von Grausamkeiten wurde auf das Notwendigste beschränkt. (Aus dem gleichen Grunde wurde kein Vernichtungslager als Schauplatz gewählt.) Eine Anzahl Szenen werden von jedem, dem die Berichte vertraut sind, wiedererkannt werden, – z.B. die im Bunker (Buchenwald) oder die Verbrennung eingeschlossener Häftlinge (Gardelegen). Wenn jemand sie zu grausig findet, so mag er die offiziellen Untersuchungsberichte (oder Eugen Kogon: *Der SS-Staat* und andere Reporte) lesen, und er wird finden, daß das Wort des Kommandanten Mellerns, daß sein Lager eines der (wenn man so sagen darf) humansten unter allen war, eine gewisse Richtigkeit hat.

Da der Zweck des Buches keine eingehende, detaillierte Beschreibung des Lebens in einem Lager ist, ist diese so weit vereinfacht, wie es nötig war. Die tägliche Routine sowohl wie die Verwaltung mit ihren vielen Regeln, Zweigen und Amtsstellen eines Lagers war so kompliziert und verwirrend, daß es angebracht schien, sie zu vereinfachen.

Die Teile über die SS versuchen, etwas über deren Psychologie auszusagen, und damit Gründe dafür zu finden, wie Menschen andere Menschen so zu quälen imstande waren, ohne es als Unrecht zu empfinden.

Es scheint unnötig, aber in unserer Zeit der Verwirrung vieler Begriffe vielleicht nicht zwecklos, zu wiederholen, was seit Jahrhunderten bekannt ist: daß ein Schriftsteller nicht einen Mord begangen haben muß, um einen Mord beschreiben zu können. (Schiller schrieb *Wilhelm Tell*, ohne die Schweiz je gesehen zu haben.) Der Autor von *Der Funke Leben* war kein Häftling in einem KZ-Lager; aber er hatte ein so umfangreiches authentisches Material und so zahlreiche Augenzeugen zur Verfügung, daß seine Arbeit viel mehr im Sichten und Einschränken bestand als im Hinzufügen von Neuem.

Friede ist niemals allein damit erreicht, daß der offene Kampf aufhört, – und der Begriff Menschlichkeit erscheint so lange als bittere Satire, als Menschen ihres Glaubens und ihrer Überzeugung wegen ungestraft eingekerkert, gefoltert und getötet werden können. Die Nazi-KZ-Lager haben aufgehört zu existieren; – aber es gibt noch zahlreiche KZ-Lager in der Welt, und ihre Zahl wächst von Tag zu Tag. Wenn dieses Buch etwas zum Kampf dagegen beitragen kann, ist seine Aufgabe erfüllt.

Der Funke Leben (1952/53)

So wie *Im Westen nichts Neues* nicht als ein Buch über den Krieg gedacht war, so war *Der Funke Leben* nicht allein als ein Buch über Konzentrationslager und ihre Schrecken gedacht.

Im Westen nichts Neues war ein Buch mit einem Thema über ein menschliches Problem: Junge Menschen, 18 Jahre alt, die gerade angefangen hatten, das Leben zu erfahren, mußten plötzlich dem Tod ins Auge sehen. Wie würden sie es tun? Und was wären die Konsequenzen?

Der Funke Leben ist eine Geschichte über das Leben selbst; über seine unglaubliche Fähigkeit, zu überleben und gegen alle Widerstände anzugehen. Gleichzeitig ist es eine Geschichte über die Würde des Menschen, die nicht durch äußere Mißhandlungen zerstört werden kann, – nur von ihm selbst.

Eine »Dokumentation« über Konzentrationslager zu schreiben war nicht geplant, – obwohl jedes Detail der Geschichte belegt ist. Das war notwendig, und – leider – existierte Material dafür in erdrückenden Massen, – es gab Photographien, Filme, Bücher, Tagebücher und Tausende Zeugen zu interviewen.

Der Autor glaubte, daß es für ihn notwendig sei, ein Buch zu schreiben, mehr als ein »dokumentarisches« Buch. Es ist notwendig, daß man ein weites und grundsätzliches Thema hat, um das dokumentarische Material darum anzuordnen, – die »Botschaft« des Buches, die in solchen Fällen sich selbst zum Ausdruck bringen sollte, sollte nicht ausgesprochen oder beschrieben oder zusammengefaßt werden, – sie sollte

sich langsam entfalten, sie sollte sich im Leser entwickeln, und am Ende des Buches sollte er sich besser selbst eine Meinung gebildet haben, als daß der Autor sie erzählte.
Der Autor begann *Der Funke Leben* 1946 und arbeitete fünf Jahre daran. Es war ein sehr schwieriges Buch zu schreiben, aber der Autor fühlte sich gezwungen, es zu schreiben. Viele seiner Freunde und seine Familie waren Opfer der Nazis, – und er wollte seinen Teil dazu beitragen, daß dies nie wieder geschehen könne.
Es mag von Interesse sein, daß es selbst 1952 für ihn schwer war, einen Verleger in Deutschland zu finden. Selbst das größte Schweizer Verlagshaus, das einen Vertrag für *Der Funke Leben* abgeschlossen hatte, weigerte sich, das Buch nach der Fertigstellung zu drucken, und gab als Begründung an, daß dieses Buch und alle anderen Bücher des Verlages in Deutschland boykottiert würden, wenn es erschiene.
Andere Verleger wollten Änderungen. Als das Buch schließlich in Deutschland herauskam, war die Reaktion zum größten Teil feindselig, vorsichtig und zurückhaltend, – zu einem kleineren Teil wurde das Buch ohne Einwände angenommen. Deutschland hatte schon begonnen, die Zeit von 1933 bis 1945 (so schnell wie möglich) zu vergessen, – nicht zu bereuen. Zu vergessen. Es war die Zeit des »Deutschen Booms«, des »Wirtschaftswunders«. Auch waren die meisten Nazis zurück. Das Buch verstörte zu dieser Zeit. Der Autor bedauert das nicht. Er hofft, weiterhin auf diese Art »verstörend« zu sein.

Seid wachsam! Zum Film *Der letzte Akt* (1956)

Er war tiefer als jeder andere Deutsche in die Erde gekrochen, – nahezu dreißig Meter tief. Dort hauste er mit speichelleckerischen Generälen, vegetarischen Köchinnen, Hunden, SS-Truppen, einer Freundin, Wutanfällen und Illusionen und führte einen gespenstischen Krieg mit Armeen, die längst nicht mehr existierten, gegen Gegner, von denen er nicht mehr wußte als das, was seine Phantasie sich vorstellte, – ein Feldherr, der in fünfeinhalb Jahren Krieg niemals die Front gesehen hatte (seine Hauptquartiere waren immer weit außerhalb des Kriegsbereiches), – ein Führer, der Millionen sinnlos sterben ließ, aber nie in all der Zeit auch nur einmal ein Verwundeten-Hospital besuchte, – ein Egomaniac, der, um ein paar Wochen länger zu leben, die Stadt über sich mit ihren Frauen und Kindern der Vernichtung preisgab, aber nie auch nur einmal hinaufstieg aus dem sichersten Bunker der Welt, um zu sehen, was er angerichtet hatte (es hätte seine Intuition gestört), – eine Primadonna, die das Volk, das geduldig und gehorsam für ihn starb, beschimpfte, seiner nicht wert zu sein, – ein Kinderfreund, der mit Tränen der Rührung Frau Goebbels zur vorbildlichen Frau und Mutter erklärte, weil sie ihm sagte, daß sie ihre vier Kinder töten lassen werde, da ein Leben ohne den Führer nicht lebenswert für sie sein könne, – ein wildgewordener Kleinbürger, der im schlechtesten Groschenstil nichts Wichtigeres wußte, als beim Untergang Deutschlands das belanglose Mädchen, mit dem er gelebt hatte, »ehrlich« zu machen in einer »last minute shotgun wedding«, wobei noch ein paar brave Soldaten, die den Standesbeamten in Berlin suchen

mußten, getötet wurden, – ein Feigling endlich, der nicht einmal allein seinen Rattentod sterben konnte, sondern die frischgebackene Frau Hitler mitnehmen mußte.
Die sogenannte Hitlerlegende hielt sich in Deutschland viel länger als die Naziversprechungen. Sie hielt sich fast bis zum Ende des Krieges und teilweise sogar darüber hinaus. »Der Führer weiß davon nichts«, und »wenn das der Führer wüßte!« waren stehende Redensarten, wenn schon sonst überall die große Ernüchterung eingetreten war.
Der Film *Der letzte Akt* bot eine Gelegenheit, mit dieser Hitlerlegende aufzuräumen. Es war nichts weiter zu tun, als das dokumentarische Material zu benützen. Was da an Gemeinheit, Gefühllosigkeit, Selbstmitleid, Dummheit, Unfähigkeit, übelster Sentimentalität, Dilettantismus und Feigheit zusammenkam, schien übergenug, um den Führermythus und die Sage von der Herrenrasse explodieren zu lassen. Es war eine Götzendämmerung – keine Götterdämmerung.
Aber es ging um mehr als das. Die Nazis waren nicht von einem fremden Planeten gekommen und hatten Deutschland versklavt, – sie waren in Deutschland selbst gewachsen, und es war nicht allein die Krise, die Arbeitslosigkeit, die ihnen die Massen zugetrieben und bis zur Selbstvernichtung für sie hatte kämpfen lassen, – es war noch etwas anderes. Es war die jahrhundertealte Erziehung zum unbedingten Gehorsam, die in Deutschland ein besonders fruchtbares Feld gefunden hatte. Es war ein bequemes Wort, – man brauchte nicht zu denken, man brauchte nichts selbst zu entscheiden, – man hatte vor allen Dingen keine eigene Verantwortung, wenn man ihm folgte. Es züchtete den »Kadavergehorsam«, den blinden Gehorsam ohne moralische, ethische, religiöse, menschliche Bedenken, – und es tötete die Zivilcourage, den Mut zu eigener Überzeugung. Es war ein Wort für Knechte. Es war ein Wort, das moralische Feigheit zudeckte. Es war, ironischerweise, das Lieblingswort der neugegrün-

deten Herrenrasse. Es war das Wort, mit dem sich die Mörder in Konzentrationslagern rechtfertigten, – und es war, zum entsetzten Staunen der Welt, das Wort, mit dem sich auch Marschälle und Generäle in Nürnberg zu rechtfertigen suchten, weil sie in vollem Ernst glaubten, das sei genug, um Geiselerschießungen, Verstößen gegen das Völkerrecht, Morden an Zivilisten Straffreiheit zuzusichern. Vom Gewissen sprach niemand. Das Gewissen war tot, – gemordet durch dieses Wort, das Wort aller Diktaturen.

Wie ist das heute? Der weitaus größte Teil des deutschen Volkes ist ohne Zweifel gegen die Nazis; gegen den Krieg; gegen Militarismus; für den Frieden. So war es auch 1918. Aber zwanzig Jahre später begann der Zweite Weltkrieg. Die letzten Worte des Films *Der letzte Akt* sind: »Seid wachsam!« Seid wachsam, daß das, was geschehen ist, nie wieder passiert. Ist es nötig, wachsam zu sein?

Vor mir liegt ein Aufruf des Kampfbundes gegen den Nazismus, Berlin-Charlottenburg. Er berichtet, daß in Westdeutschland bereits wieder über 100 Organisationen existieren, mit offener nazistischer Zielsetzung, – ferner über 40 periodische Druckschriften. Dazu kämen die rechtsradikalen Gruppen, ohne deren Hilfe die Nazis nie an die Macht gelangt wären, die ebenfalls wieder rührig sind.

1945 sollte die große Wiedergutmachung an den Opfern der Nazis beginnen. Es schien selbstverständlich. Was aber berichtet die *Nationalzeitung* Basel, ein seriöses Blatt, unter dem Titel »Der Bonner Skandal der Wiedergutmachung« darüber Ende 1954?

»Rund 85 % der mittleren und höheren Würdenträger der NSDAP, SA und SS, die vor 1933 schon Beamte waren, erhalten heute ihre volle Pension. Bei ungefähr der Hälfte von ihnen beträgt die Pension über 1000 Mark monatlich. Vollwaisen von (durch Nazis) Ermordeten erhalten, falls sie überhaupt das Glück haben, daß ihr Fall schon behandelt wurde – 100 Mark. Dieser Betrag entfällt jedoch, falls sie mehr als 75 Mark verdienen. Der Gründer und erste Chef der Gestapo, Diels, erhält ebenso seine volle Pension, wie die Witwe des Oberschlächters Heydrich, während Zehntausende von Hinterbliebenen Ermordeter heute noch keinen Pfennig erhalten.«

Sieht das nicht eher wie eine Wiedergutmachung bei den Nazis und ihren Mitläufern aus und wie eine Verschleppung bei den Opfern? Ein Zeichen? Sehen wir einen andern Fall an. 1945 wurde ein Oberst zu 15 Jahren Zuchthaus verurteilt, weil er wenige Tage bevor die Amerikaner das Städtchen Penzberg besetzten, den Bürgermeister und sechs Einwohner erschießen ließ, die das Bergwerk der Stadt vor einer sinnlosen Sprengung durch die Nazis bewahren wollten. Der Oberst legte Berufung ein. 1956 wurde er in München freigesprochen, er habe auf Befehl gehandelt. Freisprüche dieser Art haben sich gemehrt, Befehl ist vielfach schon wieder Befehl und genügt als Rechtfertigung. Ebenso mehren sich die alarmierenden Meldungen der Presse über ehemalige Nazis und ihre Helfershelfer, die sich in wichtige Positionen in der Politik eingeschlichen haben. Der verhaßte Staatsanwalt Hitlers, der den Antrag stellte, die Männer des 20. Juli nicht zu erschießen, sondern zu erhängen, und der beim Hängen zusah, lebt behaglich von seiner vollen Pension. Der Kommandant des berüchtigten Konzentrationslagers Stutthof wurde kürzlich für 150 Morde zu ganzen 5 Jahren Zuchthaus verurteilt. Die Untersuchungshaft wurde darauf angerechnet, – das sind pro Mord etwa 10 Tage Zuchthaus. Die Stadt Kiel, die 1945 dem Admiral Raeder, der als Kriegsverbrecher verurteilt wurde, das Ehrenbürgerrecht entzog, bot es ihm 1956 wieder an. Kriegsverbrecher werden bei ihrer Entlassung mit Glockenläuten, Blumen und Reden als Märtyrer gefeiert.

Der Vertreter der Marine in der neuen deutschen Bundeswehr hielt vor einigen Wochen in der Marinelehrkompanie in Wilhelmshaven eine Rede, in der er die als Kriegsverbrecher abgeurteilten Admirale Dönitz und Raeder als Vorbilder hinstellte und erklärte, daß »kein Makel an der Person unserer ehemaligen Oberbefehlshaber hafte«. Wie? Ja, Sie haben recht gelesen, – es war der Leiter der Marine-Abteilung des neuen demokratischen Bundesheeres im Amte Blank. Der Sturm der Entrüstung im Bundestag genügte zum Glück, daß der etwas voreilige Herr abgelöst wurde. Aber wie kam er auf einen so wichtigen Posten?

Das letzte Wort im Film *Der letzte Akt* heißt: »Seid wachsam!« Es ist vielleicht nicht nötig, übermäßig alarmiert zu sein über die Beispiele, die hier angeführt worden sind; der große Teil des deutschen Volkes will Frieden und Demokratie und hat genug von Hitler und seinen Alliierten, – aber die Reaktion ist trotzdem nicht tot. Sie wühlt und arbeitet und wartet auf Gelegenheiten. Und sie besteht nicht nur aus früheren Nazis; sie besteht ebenso aus den Kreisen, die ihnen geholfen haben, an die Macht zu kommen; die nichts taten, um sie zu verhindern, als sie noch zu stoppen waren; die einen falschen Patriotismus über den Begriff der Persönlichkeit und der Verantwortung stellten und mit den Nazis zusammenarbeiteten für ihre eigenen Zwecke. Hoffen wir zu Gott, daß sie nie wieder an die Macht kommen! Aber Hoffen allein ist nicht genug. Wichtiger ist eine Erziehung zu tätiger Demokratie. Zwölf Jahre Erziehung zu Intoleranz und ein paar hundert Jahre Schulung zu blindem Gehorsam sind nicht ohne weiteres abzuwerfen. Deshalb heißt es, wachsam zu sein. Und es ist besser, zu früh wachsam zu sein als zu spät; das sollten die Ereignisse von 1914 bis jetzt gelehrt haben.

Ein Versuch dazu ist der Film *Der letzte Akt*. Verschiedene Autoren haben an ihm mitgearbeitet. Ich habe ebenfalls ein treatment dazu geschrieben. Das hier vorliegende Drehbuch

ist von Dr. Fritz Habeck. Ein großer Teil des Materials stammt von Augenzeugen, aus Dokumenten und den Berichten von Judge Michael Musmanno, der an den Nürnberger Trials teilnahm und später ein Buch darüber herausgab: *Ten days to die*.
Das Sonderbare war, daß man keinen rein dokumentarischen Film mehr machen konnte. Es gab einen, aus Newsreels zusammengestellt. Er schien 1955 absolut unglaubhaft, – ein so gespenstisches Grand Guignol, daß das Grauenhafte lächerlich wurde. Es war nötig, einen Helden zu finden, aber im Bunker gab es keinen. Es gab auch keinen Attila und keinen Dschingis Khan. Es gab nur eine jammervolle Kreatur, die Nervenkrisen hatte, Tee trank, ungeheure Mengen von Kuchen vertilgte, tobte, prahlte, weinte und der trotzdem bis zum Ende Generäle gehorchten, die genau wußten, daß der Krieg seit Stalingrad und dem Durchbruch in der Normandie verloren war, und die Gefangene ihrer eigenen Maxime waren: Befehl ist Befehl, – auch wenn er von einem Narren oder einem Mörder stammt.
Es war deshalb notwendig, die Träger einer Gegenhandlung einzuführen. Das geschah durch zwei junge Frontoffiziere und einen Hitlerjungen. In ihren unvoreingenommenen Augen spiegelt sich der Hexensabbat der letzten Tage im Bunker wider, – und nur so war es möglich, klar die »message« zum Schluß zu übermitteln: »Nie wieder!« – und »Seid wachsam!« Alles andere ist, so unglaubhaft es heute klingen mag, authentisch.

Das Auge ist ein starker Verführer (1958)

Der letzte, der einen Film nach einem Buch beurteilen kann, ist vermutlich der Autor des Buches selbst. Als ich vor 28 Jahren zum ersten Mal den Film *Im Westen nichts Neues* sah, hinterließ er gemischte Gefühle bei mir. Ich bewunderte die Regie der Schlachtszenen, – aber die Darsteller schienen mir Fremde zu sein, die ich nicht mit den Personen in meiner Erinnerung identifizieren konnte. Sie waren anders; sie hatten andere Gesichter, und sie verhielten sich anders.

Heute geschieht das Gegenteil. Durch eine seltsame Alchimie hat sich die Kraft des Filmes zwischen meine Erinnerung und die Personen des Buches geschoben. Er hat die Darsteller und die Personen, an die ich mich erinnerte, vermengt, und meine Erinnerung kommt oft erst an zweiter Stelle. Wenn ich nun an die Figuren in dem Buch denke, sehe ich zuerst die Gesichter der Darsteller, die in dem Film spielten, und nur, wenn ich etwas in meiner dunklen Erinnerung geforscht habe, die Menschen von früher, wie sie wirklich waren. Der Film ist lebendiger. Das Auge ist ein starker Verführer.

Von den sechs Filmen, die nach meinen Büchern gemacht wurden, habe ich nur an einem mitgearbeitet – dem letzten, *Zeit zu lieben und Zeit zu sterben*. Wenn ein Autor seine Gesundheit liebt, sollte er sich so lange vom Filmemachen fernhalten, wie er noch nicht festgestellt hat, daß ein Film keine wahrheitsgegetreue Wiedergabe seines Romans sein kann. Wenn er es wäre, würde er vermutlich ein schlechter Film sein. Er kann nicht einmal eine Übersetzung sein. Bestenfalls wird er eine Umsetzung in ein visuelles Bild sein und voller Überraschungen – auch für den Autor, der Szenen, die er mag, aufgeben muß und andere hinzugefügt sieht, für die er keinen Grund erkennen kann.

Selbst wenn ein Film nahezu perfekt ist, wird der Autor immer etwas finden, um sich darüber aufzuregen, und es tausendfach überbewerten. Als ich *Im Westen nichts Neues* zum ersten Mal sah, bemerkte ich, daß der Unteroffizier in einer sehr kurzen Szene für einige wenige Sekunden eine falsche Mütze trug, – eine Mütze ohne Schirm, wo doch Unteroffiziere berechtigt waren, Mützen mit Schirm zu tragen. Es war mir äußerst peinlich, als der kleine Fehler vorüberflog. Die vorzüglichen Schlachtszenen bedeuteten nichts mehr, – ich sah nur diese eine falsche Mütze und stellte mir vor, wie der gesamte deutsche Generalstab und die nationalistische Presse auf den Fehler verweisen würden, um den ganzen Film des Betrugs zu bezichtigen.

Niemand bemerkte es. Auch Generalfeldmarschall von Hindenburg nicht und die Generale des Verteidigungsministeriums, die den Film sahen, bevor er in Deutschland freigegeben wurde. Auch die Vorstellungskraft kann ein großer Verführer sein.

Als ich letztes Jahr in Berlin ankam, um an *Zeit zu lieben und Zeit zu sterben* zu arbeiten, waren die Parallelen zu *Im Westen nichts Neues* offensichtlich. Und auch die Unterschiede.

Beide Bücher waren von mir geschrieben worden; beide Bücher waren Kriegsbücher, eins über den ersten, eins über den zweiten Krieg; beide Filme wurden von derselben Gesellschaft produziert, Universal International. Aber *Im Westen nichts Neues* wurde in Hollywood gedreht, – *Zeit zu lieben und Zeit zu sterben* vollständig in Berlin und Deutschland.

Ich erinnere mich an die Premiere von *Im Westen nichts Neues* in Berlin 1930. Einige Wochen zuvor hatte Joseph Goebbels, der Kopf der Berliner Nazipartei zu der Zeit, mir jemanden gesandt, um mich zu fragen, ob ich bestätigen würde, daß der Film ohne meine Beteiligung von meinen Verlegern verkauft und von der Universal gemacht worden sei. Er wollte diesen Punkt als antisemitische Propaganda verwenden, daß ich – ein nichtjüdischer Autor – von zwei jüdischen Firmen für ihre »kosmopolitisch-pazifistischen« Ziele ausgenutzt worden sei. Als Belohnung versprach er mir die Protektion der Nazi-Partei. Es störte ihn nicht, daß seine Partei das Buch und mich unter dem gleichen Vorwurf angegriffen hatte. Sein Abgesandter erzählte mir, daß die öffentliche Erinnerung kurz und die Partei an Disziplin gewöhnt sei – sie würde glauben, was ihr gesagt werde. Unnötig zu sagen, daß ich den Unsinn ablehnte und so die Möglichkeit verpaßte, ein Märtyrer der Partei zu werden.

Goebbels hielt bei der Premiere eine giftige Rede: seine Kohorten warfen Stinkbomben und ließen weiße Mäuse im Publikum frei, um den Film zu unterbrechen, und auf dem Platz vor dem Theater führten sie eine riesige Demonstration auf.

Ich sah mir die Demonstranten an. Niemand von ihnen war älter als zwanzig; niemand von ihnen konnte deshalb im Krieg 1914–1918 gewesen sein, – und niemand wußte, daß sie zehn Jahre später in einem Krieg sein würden und daß die meisten von ihnen tot sein würden, bevor sie die dreißig erreichten.

Ich wurde *in effigie* mit meinen Büchern und mit dem, was man an Filmkopien auftreiben konnte, in Berlin 1933 verbrannt. Alle meine Bücher wurden verboten, aber trotzdem hatte ich das Vergnügen, noch einmal im Druck in Deutschland zu erscheinen – sogar in Hitlers eigenem Blatt, dem *Völkischen Beobachter*. Ein Wiener Schriftsteller hatte ein Kapitel aus *Im Westen nichts Neues* Wort für Wort abgeschrieben, gab ihm aber einen anderen Titel und einen anderen Autornamen. Er sandte es als Scherz an Hitlers Blatt.

Die Herausgeber akzeptierten und druckten es nicht nur, sondern schrieben ein Vorwort: daß nach solch verzerrenden Büchern wie *Im Westen nichts Neues* hier nun eine Geschichte sei, die die Wahrheit in jeder Zeile zeigen würde. Auch die Wahrheit kann manchmal ein starker Verführer sein. Allerdings nicht oft genug.

Als ich letztes Jahr an einem regnerischen Nachmittag in Berlin ankam, ging ich über den Nollendorfplatz, wo die Nazis ihre Demonstrationen aufgeführt hatten. Der Platz lag in Trümmern, wie auch das Theater und noch Meile um Meile der Stadt. Ich ging an den Resten des Hauses meines ersten Verlegers vorbei, dem ich das Manuskript von *Im Westen nichts Neues* überreicht hatte. Er hatte es abgelehnt und mir erklärt, daß niemand etwas über den Krieg lesen wolle. Er erteilte mir damit eine gute Lektion: glaube nicht zu sehr an Experten. Auch lernte ich in diesen Jahren, an was ich zu glauben habe: an Unabhängigkeit, Toleranz und Sinn für Humor – drei in Deutschland nicht allzu verbreitete Dinge.

Nachdem ich einige Zeit durch das regnerische Zwielicht gegangen war, bemerkte ich, daß ich mich verirrt hatte. Ich hatte jahrelang in Berlin gelebt, aber jetzt waren zu viele Orientierungspunkte verschwunden. Ich mußte nach der Richtung durch die Wildnis der Ruinen fragen. Das gleiche geschah, als ich die Stadt besuchte, in der ich geboren wurde. Ich war ein Fremder, und ich mußte alte Photographien kaufen, um mich an die Orte meiner Jugend zu erinnern.

Als ich die Tür zum Studio öffnete, wo *Zeit zu lieben und Zeit zu sterben* gedreht werden sollte, war es wie ein schlechter Traum. Dort waren sie wieder: die Hakenkreuzfahnen, die schwarzen Uniformen der Elitetruppe, die Atmosphäre von Ehrgeiz, Korruption und Verwirrung. Und für einen Moment war es so unglaublich, daß es schon fast glaubhaft erschien, in dieser Stadt der Zerstörung, in der

Ruinen normal und wiederaufgebaute Viertel wie Wunder geworden waren. Wir sahen eine ähnliche Reaktion ein paar Tage später, als wir vom Studio zu einer Straße in der Stadt fuhren, um eine Szene zu drehen. Unterwegs mußten wir zum Tanken anhalten. Im Auto waren drei Darsteller, gekleidet wie Offiziere der Elitetruppe für den Film. Der weibliche Tankwart sah uns, drehte sich um und rief in Richtung des Hauses: »Lauf, Otto! Sie sind wieder da!« Auch die Erinnerung kann ein starker Verführer sein.

Ein großer Unterschied zwischen *Im Westen nichts Neues* und dem neuen Film ist, daß *Im Westen nichts Neues* beeindruckende Schlachtszenen hat, *Zeit zu lieben und Zeit zu sterben* hat keine. Kein einziger feindlicher Soldat wird gezeigt, – aber die Zerstörung ist viel größer als in dem ersten Krieg. Der Feind ist unsichtbar. Tod regnet vom Himmel. Der Krieg der Kampflinien ist vorbei: die Fronten sind überall. Der Krieg der Soldaten ist vorbei: der totale Krieg richtet sich gegen jedermann. Der Krieg des Heldentums ist vorbei: man kann sich verstecken, aber nicht selbst verteidigen. Irgendwann in der Zukunft werden irgendwo einige Leute einige Knöpfe drücken, – und Millionen werden einen schrecklichen Tod sterben. Die Schwierigkeit mit dem Krieg ist, daß die Leute, die ihn wollen, nicht erwarten, in ihm zu sterben. Und die Schwierigkeit mit unserer Erinnerung ist, daß sie vergißt und verändert und verfälscht, um zu überleben. Sie macht den Tod zu einem Abenteuer, wenn der Tod dich verfehlt. Aber der Tod ist kein Abenteuer: Töten ist der Sinn des Krieges, – nicht Überleben. Darum könnten nur die Toten uns die Wahrheit über den Krieg erzählen. Worte der Überlebenden können es niemals vollständig: Filme können es manchmal. Das Auge ist ein stärkerer Verführer als das Wort. Ich hoffe, auch dieser Film wird es sein.

Über *Eichmann und Komplizen* von Robert M. W. Kempner (1962)

Das vorliegende Buch ist eine der wichtigsten und aufschlußreichsten Arbeiten, die seit dem Ende des Krieges herausgekommen sind. Es geht weit über seinen Titel hinaus und ist nicht allein eine Schilderung Eichmanns, seiner Motive, seiner Helfer, seiner Vorgesetzten und seiner Taten, sondern außerdem eine völlig unwiderlegbare, objektive und darum um so entsetzlichere Darstellung des Nationalsozialismus überhaupt, – unwiderlegbar und objektiv, weil das Buch zum größten Teil aus Dokumenten besteht, die zitiert, photokopiert und in solcher Fülle vorgelegt worden sind, daß man nicht nur immer wieder schaudernd zugeben muß, hier vor Tatsachen zu stehen und nicht vor einem finsteren, makabren Spuk, sondern sogar feststellen kann, wie es geschah, daß Menschen daran glaubten und daß der größte Teil eines intelligenten, zivilisierten und allzu autoritätsgläubigen Volkes in diesen Sumpf von Unmenschlichkeit hineintrieb und hineingetrieben wurde, ohne sich dessen auch nur allzusehr bewußt zu werden.

Aber noch etwas anderes ersteht hier – etwas, das fast noch grauenhafter erscheint als selbst der wüsteste Sadismus. Das ist die kleinbürgerliche Bürokratie dieses Sadismus, die in diesem Buche in zahllosen Belegen zum Ausdruck kommt. Über Hunderttausende hilfloser, unschuldiger Menschen und ihre viehische Ermordung wird da verhandelt, als wären sie lästiges Ungeziefer, das von ordnungsliebenden Kammerjägern ausgetilgt wird, – über endlose Züge voll von Elend, von Frauen und Kindern, die zum Sterben geschickt werden, wird berichtet, als erstatte eine Firma, die Kartoffeln verkauft, die Reporte ihrer Buchhalter, ihrer Reisenden und ihrer Leiter über ihr Geschäftsjahr, – wie es gelungen sei, in Ungarn einen besonders reichhaltigen Posten zu erwerben, wie man in anderen Ländern noch großen Lagern auf der Spur sei und wie man die Transporte dafür organisieren könne, – alles das nüchtern, sachlich, ohne unziemliche Ausdrücke wie Tod oder gar Mord, – höchstens daß man von Endlösungen und Liquidieren spricht, so wie man alte Ware liquidiert, bevor neue hereinkommt. Bei besonders günstigen Abschlüssen, wenn man eine Möglichkeit gefunden hat, ein paar Hunderttausend mehr einzuhandeln oder abzustoßen, beglückwünscht man sich gegenseitig, bringt Toasts auf die Tüchtigkeit der Firma Gestapo G.m.b.H. aus und schwelgt bei einem guten Essen in Kameradschaftlichkeit. Entsetzt sieht man diese kleinen Beamten des Massenmordes bei ihrem täglichen Handwerk ohne die Spur eines schlechten Gewissens, als verkauften sie Briefmarken an einem Postschalter und nicht das Leben von Millionen.

Sie sind keine Attilas, keine Dschingis-Khans, – sie sind eifrige, servile, auf Karriere bedachte Geschäftsführer, immer bestrebt, einer den anderen zu übertrumpfen im Morden, um vor den Augen der Vorgesetzten noch tüchtiger dazustehen; – pensionsberechtigte Volksgenossen, Familienväter, die patriotische Arbeit leisten und gut schlafen, pflichttreue Ehemänner, die seelenruhig, mit vier Abschriften, Verfügungen erlassen, durch die ein ganzes Volk ausgemerzt werden soll, – und das alles ungerührt, unter der Henker- und Knechtsmoral: Befehl ist Befehl, uns kann nichts passieren, wir sind gedeckt, – dieser Moral der Feigheit, die in grausiger Ironie zum Motto der Herrenrasse wurde.

Der Verfasser fügt den Dokumenten, die er vorlegt, die nötigen Erläuterungen hinzu. Sie ergänzen das gespenstische Bild. Man sieht daraus, wie viele dieser Leute nach wenigen

Jahren Gefängnis oder Zuchthaus längst wieder freigelassen oder begnadigt worden sind. Menschenleben waren billig damals, – und davon profitieren sie und von dem alten Deckwort: Was konnten wir tun, Befehl war Befehl? Die Toten waren ohnehin tot, und nichts konnte sie wieder zum Leben erwecken. Waren nicht auch Millionen von Deutschen umgekommen? Und sollte man nicht lieber vergessen, was in dieser Zeit vorgefallen war wie eine blutige Sage aus grauer Vorzeit, als der Mensch noch nicht Mensch war, anstatt im zwanzigsten Jahrhundert, als der Mensch es schon wieder nicht mehr war?
Dr. Kempner hat für sein Buch einzigartige Sachkenntnis und Erfahrung mitgebracht. Vor der Übernahme der Macht durch den Nationalsozialismus war er in hohen Stellungen im Preußischen Innenministerium tätig und, nach dem Zusammenbruch des Dritten Reiches, in wichtigen Positionen in den Nürnberger Prozessen, zuletzt als Hauptankläger im Wilhelmstraßenprozeß. Er ist eine Kapazität im internationalen Strafrecht und weilte auf Einladung des Generalstaatsanwaltes auch zu Besprechungen beim Eichmann-Prozeß in Israel. Sein Buch zeichnet sich nicht nur aus durch Knappheit, größte Sachkenntnis, Objektivität und die persönliche Kenntnis der meisten darin handelnden Personen, – als Angeklagte oder als Zeugen, – sondern auch durch die *eine* große Passion, die die Objektivität nicht trübt: die des Menschen für den leidenden Mitmenschen, die Passion für Gerechtigkeit. Es ist nicht geschrieben, um Ressentiments und Haß wiederaufleben zu lassen, sondern für den einzigen Zweck, den all dieses noch haben kann: es nicht zu vergessen, damit es nicht noch einmal geschehen kann, – denn der Mensch scheint noch längst nicht weit genug von seinen blutigen Anfängen entfernt zu sein, um sich allzu großen Illusionen über die Haltbarkeit der Begriffe Gerechtigkeit und Menschlichkeit hingeben zu können.

Heinz Liepman

Remarque und die Deutschen

Ein Gespräch mit Erich Maria Remarque (1962)

Ganz genau weiß es wohl niemand, in wieviel Millionen Exemplaren Erich Maria Remarques Romane gedruckt und verkauft und gelesen worden sind; er selbst weiß es bestimmt nicht, und es ist ihm auch vollkommen gleichgültig. In den letzten 33 Jahren, seit 1929, sind neun Bücher von ihm in mindestens dreißig Sprachen erschienen. In den Ländern der westlichen Welt, die buchhändlerisch einigermaßen zu übersehen sind, beträgt die Auflage bis jetzt ungefähr dreizehn bis vierzehn Millionen Exemplare, aber selbst die offiziellen Auflagen in den Ostblock-Ländern sind nicht mehr kontrollierbar. Eine der akzeptierten Literaturgeschichten von heute (Lennartz) nennt Remarque den »meistgelesenen, meistgepriesenen und meistangegriffenen Schriftsteller der Gegenwart«. Es gibt tatsächlich keinen modernen Autor, dessen Bücher so oft verboten – und so viel gelesen wurden wie die von Remarque. Im Jahre 1929 wurde sein erster Roman *Im Westen nichts Neues* in Italien verboten. 1933 wurden dieses Buch und seine Fortsetzung *Der Weg zurück* in Deutschland auf den Index gesetzt und öffentlich verbrannt. Im Jahre 1949 wurden alle seine Bücher in Rußland und den Ländern des Ostblocks verbannt. Heute aber lesen Millionen von Menschen seine Romane in Italien, Deutschland, Rußland und in der ganzen Welt.

Aber das ist nicht die einzige Kuriosität, die sich mit dem Namen und der Produktion dieses Autors verbindet. Noch merkwürdiger erscheint mir die Wahl seiner Themen, oder besser: seines Themas, seines einzigen, seines ewigen Themas: 1931 mußte er unter dem Druck des Nazis, unter Lebensgefahr aus Deutschland fliehen. 1943 wurde seine Schwester vom Volksgerichtshof in Berlin zum Tode verurteilt und hingerichtet. Seit über dreißig Jahren ist er, bis auf kurze Besuche, nie wieder nach Deutschland zurückgekehrt. Und doch hat Remarque niemals ein Buch geschrieben, das nicht von Deutschland handelt oder von Deutschen.

Das alles sind einzigartige Phänomene: sein ungeheurer Erfolg – die Verbote seiner Bücher – die Diktatoren, die er überlebte – und ganz besonders: sein ewiges Thema: die Deutschen. Ich bat ihn, den Versuch zu machen, mir diese Phänomene zu erklären.

Wir beide haben wenig Erfahrung in Interviews – Remarque genauso wie ich. Er nicht, weil er seit vielen Jahren kaum noch Interviews gegeben hat.

R.: Was immer ich sage, wird der Interviewer durch seine eigene Brille sehen. Es wird gefärbt wiedergegeben, oft ohne böse Absicht entstellt. Lieber schreibe ich, was ich zu sagen habe, selber. Bei Ihnen will ich eine Ausnahme machen.

L.: Warum?

R.: Ich kenne Ihre Arbeit. Ihre Brille hat ungefähr die gleiche Schärfe wie meine. Aber vor ein paar Monaten, während des Film-Festivals in Locarno, kam ein tschechischer Journalist zu mir. Er trug die eintätowierte Nummer eines deutschen Konzentrationslagers auf dem Arm. Wer dieses Mal trägt, hat das Recht, gehört zu werden; so empfing ich ihn. Unser Gespräch wurde später als Interview von der tschechischen Literaturzeitung *Literarni Noviny* veröffentlicht, von der tschechischen Nachrichtenagentur *Četeka* übernommen und von der *Associated Press* in der westlichen Welt verbreitet. Ich habe einige Punkte des Interviews, das nicht als solches gedacht war, bereits korrigiert. Aber von einer Falschmeldung habe ich erst jetzt erfahren. Die deutsche Bundesregierung – so zitierte eine ostdeutsche Zeitung – habe mir eine Art Ultimatum gestellt: entweder sollte ich die westdeutsche Staatsbürgerschaft wieder erwerben oder aus Deutschland »verbannt« bleiben. Das ist entweder ein Mißverständnis oder völliger Unsinn. Nichts dergleichen ist geschehen. Ich bin von den Nazis ausgebürgert worden, und, soweit ich weiß, ist diese Ausbürgerung nie rückgängig gemacht worden. Ich siedelte mich 1931 in der Schweiz an, so weit nach Süden wie möglich, gerade kurz vor der Grenze, wo noch Deutsch gesprochen wird. Als der Krieg ausbrach, übersiedelte ich nach Amerika. Im Jahre 1947 wurde ich amerikanischer Staatsbürger. In diesem Zustand fühle ich mich durchaus wohl. Trotzdem habe ich nie über Schweizer oder über Amerikaner geschrieben. Ein Schriftsteller lebt von dem, was in seinem Land, in dem er geboren wurde und in dem er aufwuchs und dessen Sprache er spricht, passiert. Das läßt sich nicht ändern, auch nicht bei einem Wechsel der Staatsangehörigkeit.

L.: Sie betrachten sich also nicht als »verbannt« aus Deutschland?

R.: Natürlich nicht. Seit 1948, als ich aus Amerika nach Europa, in die Schweiz, zurückkehrte, bin ich jedes Jahr Wochen oder Monate in Deutschland gewesen. Ich habe niemals Schwierigkeiten gehabt, weder mit Behörden noch privat. Im Jahre 1931 mußte ich Deutschland verlassen, weil mein Leben bedroht war. Ich war weder Jude, noch war ich politisch links eingestellt. Ich war dasselbe, was ich noch heute bin: ein militanter Pazifist. 1933 wurden meine Bücher verboten, verbrannt. Man nahm mir meine deutsche Staatsangehörigkeit. Das war damals eine große Ehre, aber professionell natürlich ein Schock. Ein Schriftsteller ohne Vaterland? Worüber sollte er denn schreiben? Woher seine Nahrung nehmen? Als Hitler mich aus Deutschland vertrieb, war mein dritter Roman *Drei Kameraden* beinahe fertig. Es war ein solcher Schock für mich, Deutschland verlassen zu müssen, daß ich vier Jahre brauchte, um das Buch zu Ende zu schreiben. Ich war, ohne eigenes Land, wie ein Tier, das nichts mehr zu fressen bekam.

L.: Und jetzt?

R.: Jetzt lebe ich seit über dreißig Jahren nicht mehr in Deutschland. Ich bin damals zum Weltbürger gemacht worden – gegen meinen Willen. Jetzt bin ich ein Weltbürger – mit Willen. Das bedeutet nicht, daß ich kein Verhältnis zum heutigen Deutschland hätte. Ich habe lediglich ein weiteres Verhältnis. Heute sehe ich Deutschland nicht nur als Deutscher, sondern auch als Schweizer und als Amerikaner.

L: Warum spielen alle Ihre Bücher im Deutschland der Krisenjahre? Im Ersten und Zweiten Weltkrieg, in der Weimarer Republik, in der Inflation, in Konzentrationslagern, unter Emigranten?

R.: Es ist das, was ich am besten weiß, das ewige Thema: der Deutsche unter den schwersten Belastungen. Der Deutsche, den ich kenne. Der Deutsche, der litt. Nicht der, der brüllte.

L.: Und wie sehen Sie das Deutschland von heute?

Remarque schweigt eine lange Weile.

R.: Natürlich, *sagt er schließlich*, ich bin besorgt. Kann sich eine Nation in zwanzig Jahren vollkommen verändern? Sicherlich muß man wachsam sein, kontrollieren. Ich bin überzeugt davon, daß der alte nazistische Geist nicht mehr existiert, aber hie und da flackern immer noch Funken auf, und man muß darauf achten, daß sie rechtzeitig ausgetreten werden. Was ich überhaupt nicht verstehen kann, ist, daß man auf so falsche Art so empfindlich geworden ist wegen der entsetzlichen Dinge, die damals geschehen sind. Man ist im heutigen Deutschland so empfindlich geworden, daß, wenn jemand hustet, zunächst einmal angenommen wird, er huste gegen Deutschland. Als ich 1948 zuerst nach Deutschland kam, hörte ich die Leute immer sagen: Armes Deutschland. Niemals sagte jemand: Armes Rotterdam! Armes Coventry! Armes Lidice! Ich verstehe natürlich, daß jemand, der im Dreck steht, aus dem Dreck raus will. Ich stehe heute zu Deutschland genauso positiv wie je und immer. Das bedeutet aber nicht, daß ich alles akzeptieren kann, was dort geschieht. Im Gegenteil: Ein Land, das man wirklich liebt, will man respektieren können. Man will kritisieren, reformieren, es verbessern. In diesem Sinn ist es mir unbegreiflich, daß alte nazistische Verbrecher heute noch und wieder in führenden Positionen in Wirtschaft, Politik, Justiz tätig sein dürfen. Das Zögern bei der grundsätzlichen Ausmerzung dieser Leute stört mich zutiefst. Man kann alten Dreck nicht vergraben – er fängt immer wieder an zu stinken. Alle paar Wochen lese ich von so einem Skandal. Das macht das Ausland mißtrauisch. Man versteht zur Not, daß Deutschland unter den Nazis nicht rebellieren konnte; aber man begreift nicht, daß man die, die Deutschlands Namen geschändet haben, nachträglich so liebevoll behandelt, daß man sie schützt und verbirgt.

L: Können Sie Namen nennen, Beispiele?

R.: Ich bin kein politischer Mensch. Ich will meine Leser weder überzeugen noch überreden oder erziehen. Ich beschreibe, was mich bewegt, und weil ich mich als normalen Menschen betrachte, weiß ich, daß auch andere durch das bewegt werden, was mich bewegt. Für mich ist das Deutschland, das ich kenne, wichtig. Es ist vor allem das Land, in dessen Sprache ich aufgewachsen bin, dessen Schicksal mich bewegt und nicht losläßt.

L.: Vielleicht ist das das Geheimnis Ihres Erfolgs: Sie erfinden nichts, sondern Sie sprechen das aus, was Millionen empfinden, ohne es aussprechen zu können. Weil Sie – wie Sie sagen – ein normaler Mensch sind, sprechen Sie das aus, mit dem die normalen Menschen aller Völker sich identifizieren können. Nicht nur die Deutschen...

R.: Das mag stimmen. Es wäre vollkommen verkehrt, wenn jemand annehmen würde, daß ich die Deutschen verurteile. Ich weiß, daß auch in der Nazizeit die Verbrecher eine kleine Minorität waren und daß auf der anderen Seite mehr als eine Million Deutsche in Konzentrationslagern saßen, weil sie sich gegen die Barbarei wehrten. Gerade weil ich dieses Land aus einem weiteren Blickwinkel liebe, muß ich aussprechen, daß man die schlimme Zeit nicht liquidieren kann, indem man die Verbrecher schont und ihre Verbrechen bagatellisiert. Weil nämlich der Verbrecher, der frei ausgeht, zum Vorbild werden kann für diejenigen, die auch in Zukunft keine Sühne zu fürchten brauchen. Allerdings stirbt die schuldige alte Generation jedes Jahr weiter aus. Junge Deutsche, die unschuldig sind, nehmen die Stellen ihrer belasteten Eltern ein. Diese jungen Menschen sollten aber ganz genau erfahren, was damals geschehen ist, damit nicht am Schluß wieder nur eine heroische Legende übrigbleibt. Ich bin früher einmal Schulmeister gewesen. Als alter Schulmeister habe ich mir seit 1948 ein paarmal deutsche Schulbücher besorgt. Ich finde, daß in ihnen viel zuwenig steht über das, was damals geschah. Das ist unter vielen anderen Gründen einer, warum ich immer wieder über das alte Deutschland schreibe. Weil ich dieses Land liebe, möchte ich, daß seine Jugend die Wahrheit kennt.
L.: Unter Stalin waren Ihre Bücher auch in den Ländern des Ostens verboten. Jetzt werden sie dort in riesigen Auflagen verkauft. Befürchten Sie nicht, daß man dort Ihre Anklagen gegen das ehemalige Deutschland zu Anklagen gegen das neue Deutschland benützen wird?
R.: Das halte ich für ausgeschlossen. Meine Anklage richtet sich immer nur gegen die Diktatur. Ich glaube, daß meine Bücher – selbst wenn sie keinen anderen Anspruch erheben – immer vollkommen klar und unmißverständlich sind in ihrer Einstellung zur Diktatur. Jeder Mensch, der eines

meiner Bücher liest, weiß, daß ich jede Form von Diktatur ablehne. Die Vorstellungen, die ich von Toleranz, individueller Verantwortlichkeit und Freiheit habe, können nie übereinstimmen mit den Vorstellungen, die man darüber im Osten hat.

L: Sind Sie bei Ihren Deutschland-Besuchen auch in Berlin gewesen?

R.: Ich war beinahe jedes Jahr in Berlin. Ende dieses Jahres werde ich wieder dort sein. Ich habe die entscheidenden Jahre meines Lebens in Berlin verbracht. Berlin ist für mich eine einzigartige Stadt. Es ist die Stadt, in der noch immer Krieg herrscht.

L.: Sie sprechen jetzt von der Mauer...?

R.: Für mich ist die Mauer eine große Tragik und entsetzliche Dummheit. Wenn ein Land Stacheldraht um seine Grenzen ziehen muß, damit ihm seine Menschen nicht weglaufen, dann hat es sich damit sein eigenes Urteil gesprochen.

L: Und Ihr neues Buch spielt wieder in Deutschland?

R.: Nicht in Deutschland – aber es handelt von Deutschen, von Emigranten in Lissabon, während der Nazizeit. Es ist in einer deutschen Zeitung vorabgedruckt worden, vor zwei Jahren. Seit der Zeit habe ich das Manuskript immer wieder überarbeitet. Immer, wenn ich ein Buch fertig habe, lasse ich es ein paar Monate oder sogar Jahre liegen. Dann fängt die große Quälerei an, die ewigen Überarbeitungen. Ich kann nicht aufhören. Erst wenn ich eines Tages merke: es klingt nicht mehr – erst dann höre ich auf. Dann bin ich ganz entmutigt, verzweifelt. Ich bin jetzt bei den letzten Korrekturen zu dem Buch, das *Die Nacht von Lissabon* heißt. Es wird Anfang Dezember erscheinen. Und dann – ja, dann werde ich höchstwahrscheinlich für einige Zeit keinen Roman mehr schreiben. Ich habe zwei Ideen für Theaterstücke...

L.: Wie finden Sie selbst *Die Nacht von Lissabon*?

R.: Es ist mein letztes Buch. Und wie jedes letzte Buch, so

ist auch dieses jetzt mein liebstes Kind... *Er seufzte und sagte dann*: Bis das nächste geboren wird...

Friedrich Luft

Das Profil

Gespräch mit Erich Maria Remarque (1963)

L.: Herr Remarque, Sie sind der erste in Deutschland gewesen, der den Begriff des Bestsellers in der Praxis vorgezeigt hat. Ihr Buch *Im Westen nichts Neues* sprang schon in den ersten Monaten in eine Millionenauflage hinauf, und Sie haben den Begriff des Bestsellers, der damit also erfunden war für Deutschland, eigentlich auch gleich, wenn ich das sagen darf, etwas überspitzt, denn so ist es bisher nicht wieder erreicht worden. Können Sie überhaupt sagen, haben Sie einen Begriff, wie groß die Auflage des Buches heute ist?
R.: Ich weiß es wirklich nicht.
L.: Schätzungsweise auch nicht?
R.: Es sind Millionen. Schon deswegen kann ich es nicht genau schätzen, weil jetzt diese sogenannten billigen Ausgaben, die Taschenbuchausgaben usw., in vielen Hunderttausenden in jedem Lande dazugekommen sind. Ich weiß nur, wieviel wir in Deutschland hatten. In Deutschland waren wir, glaube ich, bei einer Million zweihunderttausend etwa. Das war bis Anfang 1933.
L.: Und dieses Buch ist ja auch jenseits des Eisernen Vorhanges in Millionenauflage offenbar verbreitet. Wissen Sie etwas davon, kommt da ein Echo?
R.: Ich höre schon etwas davon. Ich bekomme Zuschriften. Leider bekomme ich kein Geld.
L.: Sind Ihre späteren Bücher auch in Rußland nachgedruckt worden?

R.: Alle Bücher sind nachgedruckt worden, und ich muß Ihnen sagen, daß sogar mein letztes Buch, das also jetzt gerade vor kurzem hier erschienen ist, *Die Nacht von Lissabon*, schon vor über einem Jahr in Rußland gedruckt worden ist. Man hat es aus der *Welt am Sonntag* gleich übersetzt und hat es nachgedruckt, so daß es eigentlich in einer Ausgabe herausgekommen ist, die nicht der entspricht, die ich selbst herausgebracht habe.
L.: Kriegen Sie denn wenigstens aus Rußland, wenn Sie schon kein Geld bekommen, kriegen Sie dann wenigstens Kritiken, oder hören Sie, was die Zeitungen darüber schreiben? Schickt man Ihnen das?
R.: Man schickt Anfragen, daß ich Vorworte schreiben solle und Fotografien schicken. Das höre ich schon. Kritiken haben ja keinen Zweck, ich kann nicht Russisch.
L.: Herr Remarque, um wieder auf das Entstehungsjahr dieses Buches zurückzukommen, und das war ja wohl 1928 ...
R.: 28 hab' ich's geschrieben.
L.: ... als *Im Westen nichts Neues* erschien. War das damals nicht etwas heikel für Sie? So schön es ist, aus einer Einzimmerwohnung mit Schreibmaschine jetzt zum Villenbesitzer plötzlich zu werden durch einen großen, spontanen Erfolg: Ist es nicht auch etwas gefährlich und etwas unangenehm gar, einen so großen Erfolg zu haben? Hat das nicht auch Gefahren in sich, oder ist es nur ein großes und glückliches Gefühl, so durchzustoßen zum großen Erfolg?
R.: Es hat schon seine Haken. Nicht so sehr in bezug auf den Reichtum oder diese Dinge. Ich entsinne mich, daß ich noch einige Jahre genau in derselben Zweizimmerwohnung weitergelebt habe, in der ich vorher gelebt habe, und alles, was ich mir eigentlich an Reichtum geleistet habe, ist, daß ich mir ein neues Auto gekauft habe um diese Zeit. Das ist das allerwenigste. Viel schwieriger, fand ich, ist, daß Sie durch einen solch großen Erfolg nicht mehr als das gewertet werden, was

Sie eigentlich doch sind, nämlich als ein Anfänger, der sein erstes Buch geschrieben hat, der gerne etwas lernen möchte, der es verwerten und verwenden möchte in seinen anderen Büchern, sondern Sie werden gleich wie jemand betrachtet, der schon seit 20 Jahren Bücher geschrieben hat, den Gipfelpunkt seiner Leistungen erreicht hat und ihn nun auch verteidigen muß und entsprechend schreiben muß, als wenn er, sagen wir mal, schon 50 oder 60 Jahre alt wäre.

L.: Es wird also immer gleich eine Meisterschaft vorausgesetzt, die noch gar nicht da sein kann ...

R.: ... die gar nicht da sein kann.

L.: Das allerdings muß peinlich sein. Ist die Angst dann vor dem zweiten Buch, das man liefern muß, sehr groß?

R.: Ich glaube, es war bei mir so, ich habe es nicht so gemerkt. Man hat mir gesagt, ich müßte ein zweites Buch schreiben. Ich wollte es auch schreiben, und es ging ganz gut, muß ich sagen. Ich wollte. Ich fand, das zweite Buch, das ich geschrieben habe, war notwendig.

L.: Das war *Der Weg zurück*.

R.: Das war *Der Weg zurück*. Ich wollte ihn gern schreiben. Und habe ihn auch fertiggemacht. Aber ich wußte, ohne weiteres, daß das Buch zerrissen werden mußte. Ich nahm sogar an, daß es zerrissen würde oder »verrissen« würde, wie man so schön sagt, und war deshalb ganz erstaunt, daß es eine viel bessere Presse hatte, als ich glaubte; denn ich wußte natürlich von Anfang an, daß ich von nun an im Schatten von *Im Westen nichts Neues* leben würde.

L.: Das haben Sie eigentlich bis heute tun müssen, so daß ein gewisser Fluch doch daran hängt.

R.: Ja, ich wußte es, ich habe mir gesagt: »Was wird nun geschehen? Man wird sagen, das ist das einzige gute Buch, das er geschrieben hat. Alles andere wird nie etwas taugen.« Und *Im Westen nichts Neues* würde sowieso etwas Legendenhaftes bekommen, es würde über seine eigene Qualität hinauswachsen durch das Legendenhafte, und ich würde es niemals einholen können. Da ich das wußte, habe ich mich damit abgefunden von Anfang an.

L.: Was sehr richtig und sehr philosophisch war wahrscheinlich. *Im Westen nichts Neues* wurde damals sofort als ein eminent politisches Buch gewertet, Herr Remarque, die deutschnationalen Kreise heulten auf. Ich erinnere mich ganz genau, daß unser Klassenlehrer beispielsweise uns fast verbot, das Buch zu lesen, da es eine Art Erziehung zur Knochenerweichung darstellte. Haben Sie das Buch nun primär politisch-erzieherisch gemeint, oder waren Sie über diese Wirkung oder Nebenwirkung des Buches selbst überrascht?

R.: Ich war außerordentlich überrascht über die politische Wirkung. Ich habe etwas derartiges gar nicht erwartet. Mein Thema bei *Im Westen nichts Neues* war etwas, was gar nicht so sehr etwas damit zu tun hatte. Mein eigentliches Thema war ein rein menschliches Thema, daß man junge Menschen von 18 Jahren, die eigentlich dem Leben gegenübergestellt werden sollten, plötzlich dem Tode gegenüberstellt. Und was würde mit ihnen geschehen? Aus dem Grunde habe ich auch *Im Westen nichts Neues* eher als ein Nachkriegsbuch angesehen als ein Kriegsbuch. Ich wurde immer wieder gefragt: »Was wird aus uns werden? Wie werden wir nachher leben können, nachdem wir alles dieses mitgemacht haben, nachdem wir uns mit dem Tode haben auseinandersetzen müssen? Wie wird es sein, wenn man uns nun wieder in das Leben hineintut, und was wird mit uns geschehen?« Und der Erfolg von *Im Westen nichts Neues* war auch nach meiner Ansicht viel mehr der eines Nachkriegsbuches, eines Buches, in dem diese Frage eben gestellt wurde: »Was ist aus diesen Menschen geworden?« Es wurde auch zum ersten Male gefragt: »Haben nicht Menschen einen Schaden davongetragen oder irgend etwas davongetragen, daß sie im Krieg gewesen sind und alle ihre sogenannten sittlichen Grundsätze umschmeißen mußten?« Man hat ihnen gesagt: »Du darfst nicht töten.« Aber man hat ihnen auch gesagt: »Du mußt gut zielen, damit du triffst.« Nachher wieder.

L.: Ob Sie es nun wollen oder nicht, Herr Remarque, Sie gelten gewiß als ein Antikriegs-Schriftsteller, als ein pazifistischer Schriftsteller. Sie werden ohne Zweifel der Kategorie der linken Schriftsteller, wenn dieses Wort jetzt mal erlaubt ist, beigerechnet. Ich kann mich aber nie erinnern, daß Sie sich irgendwo politisch dokumentiert haben. Sie haben keine Manifeste unterschrieben. Ich sehe Ihren Namen nicht unter öffentlichen Protesten oder Deklarationen. Sie sind also in keine Mannschaft eigentlich eingetreten, wie es viele Schriftsteller Ihrer Art fast automatisch tun. Hat das Gründe oder ist das Zufall oder ist das Abneigung gegen die Politik, gegen die direkte Politik überhaupt?

R.: Das hat keine besonderen Gründe. Daß man pazifistisch oder gegen den Krieg ist, fand ich, war ganz selbstverständlich. Dazu brauchte man gar kein Programm zu haben, nicht wahr. Ich dachte immer, jeder Mensch sei gegen den Krieg, bis ich herausfand, daß es welche gibt, die dafür sind, besonders die, die nicht hineingehen müssen, die nicht ganz vorne stehen. Ich habe auch niemals Programme dieser Art gehabt und auch nicht in meinen Büchern verwerten wollen, weil ich finde, daß das der künstlerischen Entwicklung des Buches oder der künstlerischen Ausarbeitung eines Buches schadet, wenn man ein Programm hat. Man soll die Menschen haben und vielleicht ein menschliches Problem, aber kein Programm.

L.: Herr Remarque, um noch einen Augenblick über *Im Westen nichts Neues* zu reden, wenn es Sie auch nach 30 Jahren vielleicht selbst schon etwas langweilen mag, es gibt nun schon nachgerade einen Mythos, wie dieses Buch entstanden ist, welche Schwierigkeiten es hatte, zu erscheinen, und wie es dann plötzlich mit einem Ruck in den Erfolg hinaufgesaust ist. Es gibt so viele Leute, die behaupten, sie hätten Sie entdeckt und das Manuskript eigentlich erst an die Öffentlichkeit gebracht. Können Sie uns kurz erzählen, wie es authentisch damit war?

R.: Das war so: Ich habe das Buch 1928 geschrieben, und zwar so schnell, wie ich noch niemals ein Buch geschrieben habe, in vier Wochen, abends.

L.: Was waren Sie damals beruflich?

R.: Ich war damals Redakteur und schrieb Artikel und so etwas und mußte also abends arbeiten. Da ich nichts vorher geschrieben hatte, hatte ich nichts zu verteidigen, und es war ziemlich leicht zu schreiben. Dann schickte ich das Buch zu Fischer, zu Samuel Fischer, dem Verlag, der damals wohl einer der bedeutendsten deutschen Verleger war, und bekam es zurück vom alten Herrn Fischer, der mir sagte, das würde sicher kein Geschäft werden und niemand wolle etwas vom Kriege wissen. Da ließ ich es eine Zeitlang liegen, und ein Freund von mir, Dr. Fritz Meyer, der mit Ullsteins verwandt war, bat mich, ich möchte es ihm mal geben, er wolle es dem Fritz Ross, der auch mit Ullsteins verwandt sei, zeigen. Das tat er. Ich bekam einen Brief von Ullstein, ich möchte kommen. Und damit erschien das Buch.

L.: So wissen wir es jetzt also aus Ihrem Munde genau. Herr Remarque, was Ihren Stil betrifft, es ist oft gesagt worden, daß Sie ohne Zweifel von Hemingway beeinflußt wären. Ist das der Fall? Haben Sie Hemingway gekannt? Haben Sie Hemingway vorher gekannt, und Sie haben ihn, glaube ich auch, persönlich kennengelernt in Amerika?

R.: Ich kannte ihn persönlich. Beeinflußt von ihm konnte ich nicht werden, weil ich nichts von ihm lesen konnte. Ich konnte damals nicht Englisch. Ich glaube, sein erstes Buch erschien 2 oder 3 Jahre vor *Im Westen nichts Neues*, und das habe ich natürlich erst viel später gelesen. Wir haben auch gar nicht so viel Ähnlichkeit miteinander.

L.: Wenn Sie mit Hemingway zusammen waren in Amerika – sprach man mit ihm viel über Literatur oder sprach man über Angeln oder Toreros oder über handfeste Dinge mehr als über …

R.: Er liebte es, mehr über diese Dinge zu sprechen. Er liebte es sehr.

L.: Wo haben Sie ihn kennengelernt, in New York?

R.: Ich habe ihn in New York kennengelernt.

L.: Herr Remarque, Sie schreiben Ihre Bücher auf deutsch. Sie sind aber schon Anfang der dreißiger Jahre, glaube ich, in die Schweiz gegangen, sind damals dann nach Frankreich gegangen, sind von Frankreich nach Amerika gegangen, waren dort rund 12 Jahre, leben jetzt wieder im schönen Ronco in der Schweiz, und zwar dort, wo man Italienisch spricht. Sie haben also die deutsche Sprache nicht im Ohr, sie gehört nicht zu Ihrem direkten Umgang.

R.: Schon deshalb nicht, weil meine Frau Amerikanerin ist und wir den ganzen Tag Englisch sprechen.

L.: Sie haben Deutsch also sozusagen nur als Sonntagssprache bei der Hand. Hat das seine Vorteile, hat das seine Nachteile, haben Sie da Schwierigkeiten?

R.: Es könnte gewisse Nachteile haben, und es hat sogar gewisse Nachteile. Wenn Sie zu sehr eine andere Sprache zu gut sprechen, geschieht es, daß Sie unbewußt Satzkonstruktionen oder Dinge, die in der anderen Sprache etwas besser sind als in der eigenen Sprache, daß Sie versuchen, die in Ihre eigene Sprache zu übernehmen. Es ist mir passiert. Man muß aufpassen. Man muß es ausjäten.

L.: Machen Sie das selber oder lassen Sie jemand drübergehen oder machen das die Lektoren vom Verlag?

R.: Nein, nicht die Lektoren vom Verlag.

L.: Herr Remarque, es ist oft gesagt worden, daß Sie in Ihren Büchern auf gewisse Themenkreise festgelegt sind, wie es ja bei vielen Schriftstellern ist, also bei Ihnen auf Krieg und auf

Emigrantenschicksale, auf die Beschreibung von Katastrophen und Unmenschlichkeiten hier in Deutschland während der Nazizeit. Ihr letztes Buch, *Die Nacht von Lissabon*, umfaßt wieder den Fluch und die Grausamkeit der Emigration. Könnten Sie sich denken, daß ein Schriftsteller sich von einem solchen Generalthema auch einmal löst und ganz etwas anderes macht, oder sollte er das gar nicht versuchen?

R.: Ich wollte, ich könnte es. Ich bin gern dabei, es zu tun. Es wird sehr schwer. Ich wollte es oft machen, ich habe es einige Male gemacht, ich habe es mit meinem vorletzten Buch gemacht. Das war *Der Himmel kennt keine Günstlinge*, da habe ich es versucht.

L.: Das ist eine Liebesgeschichte, wieder mit Todesnähe.

R.: ... aber doch ganz weg vom Politischen und dem Emigrantenschicksal. Es ist sehr schwer, weil der Hintergrund der gesamten Welt heute sicherlich immer noch von der Politik und von den früheren Kriegen bestimmt wird. Man kann ihnen nicht ganz ausweichen, will es ja auch nicht. Aber ich möchte sehr gerne etwas anderes schreiben. Aus dem Grunde will ich ja wieder versuchen, ein Theaterstück zu schreiben, weil es einem leichter gelingt, davon wegzugehen. Es ist kürzer, es ist ein anderes Problem, man kann besser weggehen davon, nicht ganz weggehen, aber doch mal etwas anderes tun. Denn es ist ganz sicher, daß, wenn wir nicht dieses Schicksal gehabt hätten, wenn man es so nennen will, daß wir also Deutschland nicht verlassen müssen und uns draußen hätten herumtreiben müssen, bis wir endlich mal wieder nach Europa zurückkehren konnten, daß man wahrscheinlich doch anders geschrieben und auch über andere Dinge geschrieben hätte.

L.: Ohne Zweifel. Und wahrscheinlich ist es das, daß in allen Ihren Büchern der Tod eine Rolle spielt, auch in den leichteren Büchern, auch in dem Buch, das eine Liebesgeschichte darstellt. Daß der Tod eine Rolle spielt, ist ja wahrscheinlich

durch die frühe Konfrontation des 1. Weltkrieges mit dem Tode hervorgerufen.
R.: Das ist durchaus möglich, ja. Meine Mutter ist gestorben um diese Zeit, auch im Kriege, so daß man als junger Mensch doch sehr viel damit zu tun gehabt hat, das ist möglich, ja.
L.: Herr Remarque, Sie sprachen eben von dem Theaterstück *Die letzte Station*, das, vor 3 Jahren war es, glaube ich, hier in Berlin, ...
R.: ... länger, glaube ich, ist es schon her.
L.: ... 4 Jahren in Berlin uraufgeführt wurde, mit großem Publikumserfolg, mit ein paar kritischen Vorbehalten der Presse, ...
R.: ... die sehr berechtigt waren, ...
L.: ... die damals wohl meinte, daß in diesem Drama fast zuviel Dramatik sei, daß es überfüllt sei mit Dramatik. Stimmt sogar, ich höre das von Ihnen mit besonderem Interesse. Nun, es ist immer wieder gesagt worden, daß dieses Stück auch nach Amerika kommen sollte, daß es auch am Broadway aufgeführt werden sollte. Wir haben dann nichts mehr davon gehört. Wie steht es darum?
R.: Ich habe gestern wieder ein Angebot vom Broadway bekommen. Man will es sehr gerne machen. Ich bin deshalb zum Teil auch wieder hier in Berlin und bleibe noch eine gewisse Zeitlang hier. Daran muß man hier weiter arbeiten, um es durchzuarbeiten und so zu machen, wie es einem dann schließlich endgültig gefallen wird. Und dann wird es wahrscheinlich am Broadway gespielt werden. Man wird es dort spielen in diesem Herbst.
L.: Das wäre also ein Vorteil für das Drama, daß man es noch bearbeiten kann, während ein Roman, ... Ich glaube, das haben Sie nie gemacht, daß Sie einen Roman umgeschrieben haben, nachdem er einmal erschienen war.
R.: Goethe hat einmal schon gesagt, daß man das nicht kann. Man kann an einem Roman, der einem mißlungen ist, etwas

lernen, aber man kann nichts wirklich verbessern. Aber ein Drama kann man verbessern. Ein Drama kann man in einer Woche schreiben, man muß es nicht in einer Woche schreiben.

L.: Haben Sie's in einer Woche geschrieben?

R.: Das erste habe ich in einer Woche geschrieben, ja. Aber dann habe ich noch ein halbes Jahr oder länger daran gearbeitet. Aber ein Drama kann man in einem Tag wesentlich umändern und einen Roman über 500 Seiten nicht.

L.: Würde es Sie reizen, jetzt ein zweites Theaterstück zu schreiben, oder haben Sie schon Gedanken daran?

R.: Ich habe schon eins, nicht fertig, aber eins einmal geschrieben.

L.: Ist es auch ein Kriegsvorwurf wieder oder ...

R.: Nein, nein, nein.

L.: Ist es ganz etwas anderes?

R.: Genau das, was Sie vorhin gesagt haben. Ich möchte auch einmal davon weggehen.

L.: Um auf Ihre Romane zu kommen. Sie haben erstaunlich schnell das Theaterstück wenigstens konzipiert in der ersten Form. Ist es bei Ihren Romanen auch so, daß Sie so schnell die Romane erst mal in einer ersten Form schreiben, oder wie ist Ihr Arbeitstempo oder Ihr Arbeitsvorgang dabei? Gibt es da verschiedene Fassungen oder schreiben Sie, der Erfolgsschriftsteller, wenn ich das mal wieder so nennen darf...

R.: Wie man dieses Wort haßt. Ich lese es dauernd in den Artikeln, »Erfolgsschriftsteller Remarque«. Ich wollte, man würde sagen, »der Schriftsteller Remarque«. Dabei ist es gut gemeint hier.

L.: Es ist wahrscheinlich gut gemeint, von vielen aber wahrscheinlich auch etwas herablassend.

R.: Denn in Deutschland ist der Erfolg ja nicht immer gleichbedeutend mit Qualität. In Amerika hat man eine ganz

andere Auffassung davon. Da denkt man, Erfolg ist nicht gerade gegen Qualität, sondern es kann auch mit Qualität zusammenhängen.
L.: Während es bei uns immer etwas den leichten Beigeschmack hat, nun, so wahnsinnig gut kann es nicht sein, es gefällt zu vielen.
R.: Gefällt zu vielen, und es ist nicht langweilig, das ist auch eine wichtige Sache.
L.: Ist nicht nur für die sogenannte »Elite« da. Wie gehen Sie an einen Roman heran? Haben Sie da ein Gerüst, das Sie sich erst bauen, oder schreiben Sie von der ersten Seite runter bis zur letzten?
R.: Ich habe. Mein erstes Buch muß ich ausnehmen, das ich angefangen und abends einfach fertiggeschrieben habe, und das wurde nur einmal geschrieben, und damit war es fertig. Ich habe es nicht bearbeitet, ich habe nichts daran getan später. Alle anderen Bücher habe ich mehrere Male, manche sogar viele Male, umgearbeitet, neu geschrieben und vor allen Dingen wiedergeschrieben. Es dauert eine Zeitlang, bevor ich es weiß. Es tauchen dann doch gewisse Szenen auf, die man beiseite legt, und Notizen, die man macht. Das Wesentliche ist bei mir immer gewesen, daß der Anfang dann endlich einmal kam, das heißt, daß ungefähr der erste Absatz oder zumindest die ersten Sätze dastanden, ...
L.: ... daß die Angst vor der weißen Seite erst mal gebannt ist.
R.: Aber diese Sätze mußten dann auch irgendso sein, daß in diesem ersten Absatz der Schlüssel zur ganzen Arbeit steckte. Also ich möchte sagen, daß die erste Seite alles enthält, was das Buch nachher bringt. Man könnte von der ersten Seite eigentlich schon sagen, das Buch wird 300 Seiten lang oder 500 Seiten lang oder das Buch wird so geschrieben und anders geschrieben. Das alles ist eigentlich schon auf der ersten Seite da. Wenn das eben sich zeigt, dann ist der Ro-

man angefangen, dann hat er sich selbst angefangen. Man selber wandert doch herum um den Schreibtisch, man sitzt da herum für Wochen und Monate und wartet, und dann sagt man: »Jetzt gehe ich endlich mal für einen halben Tag nach Mailand und lasse den Schreibtisch.« Und in Mailand fällt's einem ein, und man rast zurück und fängt wieder an zu schreiben.

L.: Sie lassen das Buch dann, wenn Sie es fertig haben, aber erst mal eine Weile liegen?

R.: Eine ganze Zeitlang, ja.

L.: Lesen Sie es irgendwelchen intimen Leuten vor, Freunden oder Beratern?

R.: Nicht einmal meiner Frau, denn der kann ich's nicht vorlesen, die spricht kein Deutsch.

L.: Sie kann es erst in der Übersetzung lesen.

R.: Gott sei Dank.

L.: Herr Remarque, Sie lesen gewiß auch zeitgenössische hiesige deutsche Literatur. Woran liegt es nach Ihrer Erfahrung, daß unsere Schriftstellerei, unsere Dichter, unsere Romane heutzutage über unsere Grenzen hinaus noch nicht wirkungsvoll geworden sind?

R.: Es ist außerordentlich schwer, ich könnte es nicht erklären. Ich denke oft darüber nach, denn in Deutschland gibt es augenblicklich so ungeheuer viel Material, daran kann es nicht liegen. Man braucht nur nachzudenken, und jeder hat das, was man früher, sagen wir, »Die Abenteuer des Grafen von Monte Christo« nannte, das hat heute jeder Emigrant. Oder aber auch in Deutschland selbst. Dinge sind passiert, wo einem die Haare sich sträuben. Es ist, glaube ich, zuviel Material da. Man nannte das früher: Vor lauter Bäumen sieht man den Wald nicht mehr. Und so, glaube ich, ist noch zuviel Material da, daß eben noch ein bißchen mehr Zeit genommen werden muß, um die nötige Distanz dazu zu bekommen. Ich kann es mir anders nicht vorstellen. Sehen Sie,

die augenblicklichen deutschen Schriftsteller haben eigentlich eine einzigartige Situation: Die Generation vorher, die existierte, zu der ich mich auch zähle, ist nicht mehr da. Sie ist auch nie ganz richtig nach Deutschland wieder zurückgekommen, nachdem sie ausgewandert ist. So daß sie also ein weites, leeres Feld vor sich haben, wo jeder einzelne sofort bemerkt werden könnte. Und trotzdem ist relativ wenig da. Ich frage Sie etwas: Liegt da vielleicht eine unterirdische, unterdrückte Angst vor, das alles auszusprechen, was man aussprechen möchte, immer noch, oder ist das nicht der Fall?
L.: Vielleicht liegt es zum Teil daran, und vielleicht liegt es auch daran, daß wir immer noch zu nah an den Dingen dran waren und daß also die Fülle des Stoffes einem die Schreibmaschine lähmt, daß das also mit der Zeit, mit der Distanz aufhören wird. Sie haben Ihr Kriegsbuch *Im Westen nichts Neues* ja auch erst 12 Jahre, ...
R.: 10 Jahre später, ja ...
L.: ... 10 Jahre später geschrieben und etwas...
R.: Und sie brauchen vielleicht 20 Jahre. 20 Jahre sind vorbei.
L.: Bald sind 20 Jahre um. Aber die Masse des Stoffes war so gewaltig viel größer, die zu bewältigen ist, vielleicht liegt es daran. Hatten Sie, als Sie anfingen zu schreiben, oder haben Sie heute noch besondere literarische Vorlieben, haben Sie Götter, denen Sie nacheifern? Würden Sie uns sagen, welche das sind?
R.: Ich kann Ihnen gar nicht alle aufzählen: Die gesamte klassische und romantische Periode Deutschlands z.B. war für mich etwas Wunderbares. Ich habe sie alle mitgeschleppt, über das Meer und überallhin, habe sie alle gelesen. Für mich z.B. war Eichendorff sonderbarerweise ein Schriftsteller, den man außerordentlich gut gebrauchen konnte, wenn man vor einem Drugstore saß mit seinem kahlen Licht, mit seinem traurigen Licht, und saß da und konnte

nicht recht Englisch und war auf der Stufe eines jungen Menschen von ungefähr 7 Jahren angelangt, so viel verstand man. Dann nahm man einen Band Eichendorff, *Aus dem Leben eines Taugenichts* oder sowas Ähnliches, nahm nur ein paar Gedichte. Ich habe übrigens, das muß ich sagen, sehr viele Gedichtbände immer mitgenommen. Das war der Extrakt, das war das Schönste von Deutschland, das man mitnehmen konnte.

L.: Haben Sie dann in Amerika selbst von amerikanischen Schriftstellern, glauben Sie, viel angenommen, und welche sind das?

R.: Ich glaube, ich habe viel gelernt, ja.

L.: Sind das handwerkliche Dinge, die Sie hauptsächlich von denen gelernt haben?

R.: Ich glaube, daß man nicht nur das Handwerkliche lernt. Das, was ich gelernt habe, dadurch daß man mich gewissermaßen zu einem Weltbürger gegen meinen Willen gemacht hat, eben das Weltbürgertum, daß man das lernt, auch in seinen Arbeiten, das liegt wohl dann mehr am Thema der Arbeiten, die man nimmt, als an irgend etwas anderem. Handwerklich habe ich nicht viel gelernt. Ich habe so geschrieben wie *Im Westen nichts Neues*. Das war ein Durchbruch plötzlich, es war mein erstes Buch dieser Art. Davor habe ich ganz anders geschrieben, und zwar ziemlich dumm.

L.: Die Dinge haben Sie nie wieder drucken lassen, die Sie vorher geschrieben haben?

R.: Nein. Ich bin ganz froh, daß sie vergessen sind. Es waren Versuche, man sucht einen Stil, man macht da etwas, man macht das. Man war preziös sogar, man versucht, wie man als junger Mensch eben etwas macht. Dann plötzlich kam dieses Buch, und es ist eigentlich fast mein Stil geblieben und hat sich nicht viel geändert. Aber das Weltbild ändert sich. Man arbeitet ganz anders. Ich selber sagte Ihnen vorhin schon, ich möchte ganz gerne – ich bin eigentlich immer davon abgehalten worden, an das Theater herankommen. Das erste, was ich in meinem Leben geschrieben habe, waren einige Theaterstücke. Zur Zeit von *Im Westen nichts Neues* gab es ein sehr bekanntes englisches Theaterstück. Das hieß in Deutschland *Die andere Seite*, *Journey's End* von Sheriff. Das wurde mir geschickt, und man wollte, daß ich es bearbeiten sollte. Hätte ich das getan damals, dann hätte ich wahrscheinlich weiter Theaterstücke geschrieben, denn das Theater fasziniert mich.

L.: Und warum haben Sie es damals nicht getan?

R.: Weil ich dachte, es sei so ein Aufstand. Von allen Seiten wurde ich oft beschimpft, daß ich wieder also das und das mit den armen deutschen Soldaten getan hätte. Ich wollte nicht ein Geschäft mit dem Krieg machen und zum zweiten Mal etwas darüber arbeiten. Ganz dumm.

L.: Schade. Fast alle Ihre Romane sind verfilmt worden, manche mehrere Male. Schreiben Sie an den Filmmanuskripten mit oder geben Sie den Stoff eigentlich nur den Filmfirmen hin und gucken dann nicht mehr hin, außer, wenn Sie mitspielen, was Sie in einem Fall getan haben?

R.: Bei *Im Westen nichts Neues* wurde mir von dem alten Herrn Laemmle damals angeboten, ich sollte mitspielen. Aus dem gleichen Grunde, aus dem ich nicht *Die andere Seite* bearbeitet habe, habe ich das abgelehnt. Er wollte auch, daß ich herüberkommen sollte und mitarbeiten sollte. Ich habe das auch nicht gemacht aus demselben Grunde. Ich habe es nur bei einem einzigen Buch von mir gemacht, das heißt *Zeit zu leben und Zeit zu sterben*. Da habe ich allerdings auch mitgespielt.

L.: Hat Ihnen das Spaß gemacht?

R.: Sehr viel. Ich habe unendlich viel gelernt.

L.: Was kann man beim Spielen lernen als Schriftsteller?

R.: Man kann beim Spielen lernen, daß es dem Schauspieler doch so schwer fällt, daß er alles auswendig lernen muß, was man gesagt hat, daß man aufpassen sollte beim Schreiben.

L.: Das ist gewiß für alle Schauspieler gut zu hören aus Ihrem Munde. Und schließlich, Herr Remarque, eine noch etwas melancholischere Frage: Glauben Sie an die Wirksamkeit des Schriftstellers? 5 Jahre nach dem Erscheinen von *Im Westen nichts Neues* kamen die Himmelstoßfiguren in Deutschland an die Macht, 10 Jahre nach Erscheinen des Buches, etwas später, begann der 2. Weltkrieg. Es hat seit der Emigration aus Deutschland nun nach diesem Kriege wieder unzählige Emigranten und Flüchtlinge von einem Teil Deutschlands in den anderen Teil Deutschlands gegeben. Kurz, der Schriftsteller, Schriftsteller wie Sie, malt andauernd Menetekel an die Wand, aber gesehen werden sie offenbar nicht, oder wenn sie gesehen werden, werden sie nicht eingesehen. Könnte Sie diese Ansicht, falls Sie sie teilen, vom Schreiben am Ende abhalten?

R.: Niemals. Ich weiß, daß es nicht gesehen wird. Wir haben gesehen, daß es einen neuen Krieg gegeben hat, aber das ist ein Grund, eben weiter daran zu glauben. Denn was bleibt, wenn wir nicht daran glauben, daß ein Fortschritt möglich ist, was bleibt? Es ist manchmal sehr schwer, daran zu glauben, das gebe ich zu, aber man muß daran glauben, und man muß auch dafür arbeiten. Ich würde sogar eher auf das Künstlerische ein wenig verzichten, wenn man damit noch mehr Erfolg haben würde für den Fortschritt. Aber das sind Dinge, die man nicht weiß. Man kann einfach nur sich hinsetzen und sein kleines bißchen tun und daran arbeiten. Vielleicht hilft es auch etwas.

L.: Ich danke Ihnen sehr, Herr Remarque, für diesen Optimismus, und ich danke Ihnen für die Auskünfte, die Sie uns so bereitwillig gegeben haben.

R.: Das ist der notwendige Optimismus des Pessimisten.

Frontal durch Krieg und Frieden

Über Hans Frick: *Breinitzer oder die andere Schuld* (1965)

Wer geglaubt hatte, daß mit dem Ende des Tausendjährigen Reiches die Befreiung in der deutschen Literatur wie eine Explosion erfolgen würde, sah sich gründlich enttäuscht. Nichts geschah. Weder Sturm noch Anklage, noch Rebellion. Stille – und dann, sehr langsam, ein zögerndes, vorsichtiges Zurücktasten auf Vergangenes, und auch dort nicht auf das Extreme, das gewagte Experiment, sondern eher auf das Sichere, wenn auch Mittelmäßige, dafür aber das gesichert Sichere.

Doch auch das wurde rasch aufgegeben; sein flüchtiger Reiz, nach Jahren tiefster Unsicherheit, war nur kurz. Man hätte nun annehmen können, daß die ungeheure Fülle der jüngsten Erlebnisse, von denen ein einzelner Tag früher für ein ganzes Schriftstellerdasein genug Material gewesen wäre, mit Übermacht aufgebrochen wäre – aber das Gegenteil war der Fall: Die Erlebnisse wurden dadurch, daß sie plötzlich in die Vergangenheit geglitten waren, für eine Zeitlang sonderbar unreal und schufen die Gegenwart um in eine gespenstische Leere. Zuviel war vorgegangen, als daß das Wort schon wieder zur Verfügung gestanden hätte – und da, wo es rasch kam, wie bei einigen ersten Versuchen, wurde es angezweifelt und fast immer zu groß gefunden. Es paßte nicht; man hatte aber auch kein neues. Der Zweifel beherrschte vorerst alles. Zuviel war eingestürzt – in den Städten sowohl als in den Herzen.

Man mußte suchen, neue Begriffe und neue Worte, und man mußte tiefer suchen als je zuvor, und auch viel vorsichtiger, um sich nicht wieder im Labyrinth bunter Halbwahrheiten zu verfangen. Es war anders als nach dem ersten Kriege. Damals kam die Reaktion in Drama, Lyrik und Epik rasch und ungestüm (Hasenclever, Toller, Leonhard Frank, Werfel, Ehrenstein etc., der Expressionismus, die neue Malerei), obschon es auch dann noch zehn Jahre dauerte, bevor die Flut der Aussagen über den Krieg (nicht die unvermeidlichen Generals-Memoiren) voll einsetzte.
Doch dieser zweite Krieg war anders. Er wurde nicht zur Empörung, Aufschrei, Revolution – er war ein total verlorener Krieg, verloren nicht nur in den ausgebombten Städten, sondern auch in den ausgebombten Gehirnen und Herzen. Als letztes brachte er noch einen furchtbaren Schock: die Erkenntnis – nicht wie die Ernüchterung in 1918, daß man für nichts gekämpft hatte, sondern hundertfach schlimmer –, daß man für Mörder und Verbrecher gekämpft hatte. Man ließ nicht, wie in 1918, ein verwüstetes Schlachtfeld hinter sich, auf dem immerhin noch ein paar Ruinen alter Ehrbegriffe standen, sondern eher ein Schlachthaus, in dem man blind, gläubig, unwissend und wissend, zu Gehilfen von Metzgern geworden war, deren wehrlose Schlachtopfer in die Millionen gingen.
Dies, und nicht so sehr die eingebleute Angst auszusagen, scheint einer der Gründe zu sein, daß die deutsche Literatur schwieg, zu lange für den ungeduldigen Außenstehenden, und sich dann nur langsam und sporadisch, eher durch Einzelleistungen vorwärts bewegte. Dazu kam, daß die Vorbilder fehlten. Der größte Teil der großen Autoren war 1933 in die Emigration gegangen; die Verbindung dazu war abgerissen, viele waren im Exil gestorben, die anderen alt geworden, und als sie zurückkamen, führte gegenseitiges Mißtrauen bald zur Entfremdung. Leute wie Alfred Döblin und

Leonhard Frank konnten kaum Verleger finden, und selbst Thomas Mann und Carl Zuckmayer zogen bald wieder vor, in der Schweiz zu leben.

Als letzte Tatsache machte sich jetzt auch der Verlust der Juden fühlbar. Sie waren in der Literatur Deutschlands mehr als anderswo für die geistige Balance wichtig gewesen, als Vorkämpfer für Demokratie, Freiheit des Geistes und Fortschritt, gegen Provinzialismus und Kommißgehorsam. Nach 1918 hatten sie einen großen Teil der Avantgarde gestellt; jetzt fehlte ihre Beweglichkeit, Kühnheit und internationale Weite empfindlich.

So wurde die jüngste Vergangenheit für viele Jahre nicht breit und ungestüm angesprungen, sondern nur vereinzelt und dann nicht oft direkt, sondern eher indirekt, »schräg«, oder sie wurde umgangen. Erst in den letzten Jahren mehren sich die Arbeiten im Roman, im Drama und auch in der Lyrik, die den Durchbruch vom Einzelgängertum ins Offene ankündigen und die furchtlos frontal angreifen, ohne Attrappen, um sich der Vergangenheit auch künstlerisch zu stellen und sie zu bewältigen versuchen. Zu ihnen gehört das Buch von Hans Frick.

Breinitzer oder die andere Schuld beweist sofort eine ungewöhnliche Begabung. Hier ist nicht nur Mut, Kraft und Entschlossenheit, sondern auch ein starker künstlerischer Griff zu spüren. Der große Vorzug des Buches ist, daß es nicht journalistisch oder reporterhaft angepackt ist – wäre es das, so wäre es eines mehr unter anderen –, es ist vielmehr eher dichterisch gesehen.

Bei einem so krassen Stoff das fertigbringen zu können, macht es selten und bemerkenswert, denn hier ist der Grat schmal, und man kann leicht abstürzen. Die Gefahr, unerträglich zu werden, ist sehr nahe, wenn man nicht die Glut und Besessenheit besitzt, die Schlacken der Vorurteile zu schmelzen und zu überzeugen. Frick tut das. Man glaubt ihm, auch da, wo er sich wiederholt (es ist sein erstes Buch), über sich selbst hinausschießt und sich manchmal um sich selbst dreht. Seine Ehrlichkeit und seine visionäre Intensität reißen mit. Man wird an Büchners Woyzeck erinnert, an Dylan Thomas, Brendan Behan und auch an den jungen Fritz von Unruh.

Das Episodische des Aufbaus, der rasche, schroffe Wechsel von Atmosphäre und Stimmung, die dichte, starke, immer wieder ins Balladeske, ja oft fast Lyrische umschlagende Aussage und Schilderung geben dem Buch große anschauliche Stärke und Farbigkeit und gleichzeitig Distanz, die notwendig ist, um die Figuren davor zu bewahren, wie Ausgeburten der Phantasie zu wirken – sie stehen plötzlich da wie Menschen, wie du und ich, und werden dadurch noch drohender.

Auch der Begriff der Schuld ist balanciert: Der Ankläger ist ebenso schuldig wie die, die er anklagt; dadurch werden Spiegelungen möglich, in denen Reue und Sühne unerwartet Lichter bekommen und das kleine Recht sich ebenso zu behaupten trachtet wie das große, so daß selbst der Autor zum Schluß keinen anderen Ausweg weiß als den der Selbstzerstörung, der einem für eine Lösung hier fast zu selbstverständlich ist. Es gäbe vielleicht noch eine andere – aber das wäre ein anderes Buch, und es ist zu hoffen, daß Frick es noch schreibt. Er gehört zu einer Gattung von Schriftstellern, von denen Deutschland immer zu wenig gehabt hat. Sein Roman ist ein wichtiges und aufregendes Versprechen.

Größere und kleinere Ironien meines Lebens

Interview mit sich selbst (1966)

Frage: Sie heißen nicht Kramer?
Antwort: Nein. Das hat aber nicht verhindert, daß dieser Unsinn um die Welt gegangen ist und heute noch geglaubt wird.
F.: Haben Sie ihn je dementiert?
A.: Wozu? Ich habe in nun nahezu vierzig Jahren nie etwas dementiert, was über mich geschrieben worden ist, so falsch es auch war.
F.: Warum nicht?
A.: Niemand hätte es ohnehin geglaubt. Das ist eine der ersten Erfahrungen, wenn man Erfolg hat. Wenn man das weiß, erspart man sich Ärger, Rechtsanwälte, nutzlose Gerichtskosten, Magengeschwüre und Herzinfarkte. Eine Zeitung hat immer recht – schon deswegen, weil sie jeden Tag aufs neue erscheint. Was nützt Ihnen da eine einsame Berichtigung, wenn sie auf Seite 24 zwischen den Anzeigen gedruckt wird?
F.: Ist es wahr, daß *Im Westen nichts Neues* von vielen Verlegern in Deutschland abgelehnt worden ist?
A.: Von einem, dem ersten, einem der besten. Er sagte mir, niemand wolle mehr etwas vom Kriege lesen. Er hatte theoretisch vielleicht recht, ich praktisch.
F.: Ist Ihnen so etwas öfter passiert?
A.: Ja. *Im Westen nichts Neues* wurde auch vom Verlag Putnam in Amerika abgelehnt. Der Verlag, der es dann kaufte, lehnte meinen zweitgrößten Erfolg: *Arc de Triomphe*, ab –

er glaubte, niemand wolle mehr etwas von deutschen Emigranten wissen. Der Verleger von *Arc de Triomphe* in Amerika wiederum lehnte dann *Liebe Deinen Nächsten* ab aus dem gleichen Grunde; es wurde zum »Book of the Month« gewählt. So ging das weiter. Das gehört zu den kleineren Ironien meines Lebens.

F.: Heißt das, daß Verleger nichts von Bucherfolgen verstehen?

A.: Nein. Es heißt eher, daß die herkömmliche Ansicht, Erfolge seien vorauszuberechnen, nicht stimmt. Sonst würde es viel mehr geben. Erfolge werden viel mehr eher gegen jede Erfolgstheorie geschrieben. Sehen Sie sich meine Themata an – arme Soldaten, noch ärmere Emigranten –, meine Verleger hatten durchaus recht, wenn sie fragten, wen das schon interessieren könne.

F.: Worauf führen Sie dann Ihre Erfolge zurück?

A.: Ich weiß es nicht genau. Vielleicht darauf, daß ich eine Art verhinderter Bühnenschriftsteller bin; also ein Direktschreiber, kein Umgehungsschriftsteller. Alle meine Bücher sind wie Stücke geschrieben. Szene folgt auf Szene. Der Autor als Deus ex machina ist ausgeschaltet; er tritt weder als Erklärer noch als allwissender Verbindungsmann auf. Ich habe oft versucht, mir die Arbeit durch die üblichen Übergänge, Beschreibungen und Betrachtungen zu erleichtern – aber zum Schluß mußte ich sie immer wieder streichen. Die Handlung und die Charaktere hatten sich selbst darzustellen.

F.: Halten Sie das für leichter oder für schwieriger, als andere Arten zu schreiben?

A.: Versuchen Sie es einmal. Immerhin, ich kann scheinbar nichts anderes. Auf jeden Fall sind die Hilfsmittel viel beschränkter. Der Autor als Heiliger Geist, der über den Wassern schwebt, scheidet aus; an seine Stelle tritt der Held (oder Anti-Held oder der Erzähler in der Ichform). Nur *seine* Intelligenz, *seine* Erfahrungen und *seine* Reaktionen sind maßgebend – nur er beobachtet, niemand anders. Das heißt zunächst einmal, daß er immer da sein muß. Die Handlung muß also so gruppiert werden, daß er stets anwesend ist. Das ist im Buch noch rigoroser als auf der Bühne, wo er abtreten kann und die Nebenpersonen die Handlung übernehmen. Hier ist er immer im Scheinwerferlicht; ohne ihn hört das Buch auf. Ein Wechsel in Szenen oder Kapitel ohne ihn ist unmöglich. Nicht nur das: das Buch wird auch nur von einem einzigen Gesichtspunkt gesehen, dem des Helden. Ist er zwanzig Jahre alt, ist es das Buch eines Zwanzigjährigen, nichts anderes.

F.: Das alles sind Beschränkungen; was tauscht man dafür ein?

A.: Anschaulichkeit und wahrscheinlich eine Spannung, die sogar unabhängig von der Handlung ist. Voraussetzung dabei ist, daß man fehlerlos im Dialog ist, der sehr wichtig wird. Handlungsspannung allein ist nur Reportage. Darstellungsspannung ist etwas anderes. Sie wird, besonders wenn sie gelingt, leicht, auch von Kritikern, mit Reportage verwechselt, weil sie ihre Mittel benutzt. Aber sie geht darüber hinaus. Sie berichtet nicht allein; sie wählt aus, charakterisiert, stellt dar und hat eine Idee.

F.: Was war Ihre Idee bei *Im Westen nichts Neues*?

A.: Die des Vorworts: über eine Generation zu berichten, die vom Kriege zerstört wurde – auch wenn sie seinen Granaten entkam. Und junge Menschen zu schildern, die statt dem Leben dem Tod gegenüberstanden und sich damit auseinandersetzen mußten. Sie sehen: Es war eigentlich viel mehr ein Nachkriegsbuch als eine Kriegsreportage. Ich nehme an, daß darin sogar ein Teil des Erfolges lag.

F.: Was war Ihre Idee bei Ihrem *Der Funke Leben*?

A.: Der Titel: *Der Funke Leben*, der selbst unter Barbarenstiefeln nicht ganz erlischt.

F.: Halten Sie eine Idee für wichtig?
A.: Nur eine menschliche, nicht eine programmatische; sie ist unkünstlerisch. Aus diesem Grunde war *Im Westen nichts Neues* auch nicht primär ein pazifistisches Buch. Es hatte eine pazifistische Wirkung; aber sein Thema war ein menschliches Problem. Daß vernünftige Menschen gegen den Krieg waren, erschien mir – damals – so selbstverständlich, daß ich allein darüber nie geschrieben hätte.
F.: Wie lange haben Sie an *Im Westen nichts Neues* gearbeitet?
A.: Fünf Wochen.
F.: Und wieviel Bücher wurden verkauft?
A.: In Deutschland jeden Tag zwischen zehn- und zwanzigtausend. Insgesamt ca. 20 bis 30 Millionen in etwa 45 bis 50 Sprachen.
F.: Sie wissen das nicht genau?
A.: Ich habe es nie kontrolliert; das Ganze war zu unwirklich. Es war auch nicht zu kontrollieren. Überall erschienen Piratenausgaben. In einer, in Indien, war durch ein Dutzend schlechte Übersetzungen von noch schlechteren Übersetzungen zum Schluß ein Eifersuchtsdrama zwischen einem Förster und einem Wilddieb daraus geworden. Hinter dem Eisernen Vorhang druckt man ohnehin ohne Erlaubnis alles nach. In Rußland sind alle meine Bücher gestohlen und haben dort sehr hohe Auflagen.
F.: Das ist bitter, wie?
A.: Nicht viel bitterer, als wenn man in Deutschland mein Vermögen beschlagnahmt und mir zehn Jahre später unter Berufung auf die Inflation davon zehn Prozent zurückgibt. Ein gutes Geschäft für das Reich – aber die Emigranten haben die Inflation nicht gemacht –, und die Pensionen der Generäle und abgedankten Nazis sind sicher nicht unter Berufung auf die Inflation auf zehn Prozent herabgesetzt worden. Doch, schließlich können die Emigranten wohl froh

sein, überhaupt etwas bekommen zu haben, ausgebürgert, wie sie sind, also immer noch nicht wert, Deutsche zu sein.

F.: Was?

A.: Genau das. Die Ausbürgerung der Emigranten ist nicht, wie man erwartet hätte, mit dem Ende des Dritten Reiches allgemein annulliert worden. Man hat ihnen nur gestattet, einzeln Anträge auf eine Wiedereinbürgerung zu stellen. Das mag gut gemeint gewesen sein; aber da sie keine Anträge auf Ausbürgerung gestellt hatten, ist es eher demütigend und fast beleidigend, das zu verlangen.

F.: Gibt es einen Grund dafür?

A.: Natürlich, in Deutschland gibt es immer einen Grund. Man behauptet, man hätte die Emigranten, die bereits eine andere Staatsangehörigkeit angenommen hätten, nicht durch eine deutsche Wiedereinbürgerung in Schwierigkeiten bringen wollen. Das ist zumindest ein grober Denkfehler. Die Aufhebung einer Ausbürgerung, also der härtesten Strafe eines Landes, hat nichts mit einer automatischen Wiedereinbürgerung zu tun. Das Deutsche Reich kann keinen Emigranten gegen seinen Willen zu einer Wiedereinbürgerung zwingen; aber es hätte die Schmach der Ausbürgerung aufheben können, um den Emigranten dann das Weitere zu überlassen. So jedoch ist die groteske Situation entstanden, daß die Emigranten praktisch weiter in der Reichsacht sind. Soviel ich weiß, ist keiner der Massenmörder des Dritten Reiches ausgebürgert worden. Die Emigranten stehen also tiefer; eine ziemliche Ironie, nicht wahr?

F.: Haben Sie irgend etwas dagegen getan?

A.: Ich bin Amerikaner geworden.

F.: Kommen Sie trotzdem manchmal nach Deutschland?

A.: Warum nicht? Ich bin ja dort geboren. Die Tatsache, nach wie vor dort ausgebürgert zu sein, gibt dem eher einen makabren Reiz. Nach mittelalterlichem Recht könnte mich eigentlich jeder straflos töten, wenn ich dorthin komme.

F.: Jetzt übertreiben Sie!
A.: Natürlich. Ich bin nicht umsonst Schriftsteller und liebe ironische Situationen.
F.: Was war Ihr stärkstes Erlebnis als Schriftsteller?
A.: Das Gefühl der Unwirklichkeit. Es hat mich nie verlassen. Es kam durch den Erfolg meines ersten Buches. Ich fand ihn ganz und gar außerhalb jeder Proportion. Er war es auch. Zum Glück wußte ich das immer. Es bewahrte mich vor Größenwahn; im Gegenteil: Ich wurde eher unsicher. Es gab ja keine Entwicklung. Ich war beispiellos hochgeschleudert worden und konnte eigentlich nur noch fallen. Man vergaß darüber, daß ich außerdem nur ein blutiger Anfänger war. Ich selbst vergaß es nicht; es rettete mich, glaube ich. Ich zog mich zurück, glaubte meinen guten Kritiken nicht, dafür aber den schlechten, und arbeitete.
F.: Welches war Ihr schwierigstes Buch?
A.: Ich glaube, das zweite.
F.: Und welches halten Sie für das beste?
A.: Immer das, das noch nicht erschienen ist. Das geht wohl jedem so. Ich habe ohnehin keine große Anhänglichkeit an Bücher, die erschienen sind. Abgesehen von meinem ersten habe ich gewöhnlich so lange daran gearbeitet, daß ich sie für lange Zeit nicht wieder lesen will. Sie wissen: »One doesn't finish a book – one abandons it.« Man will auch nicht gern an die Depressionen erinnert werden, die es begleitet haben. Es ist fertig und muß seinen Weg allein finden.
F.: Was ist Ihnen in Ihrem Leben wichtig gewesen?
A.: Unabhängigkeit, Toleranz, Sinn für die schönste Eigenschaft, die nur beim Menschen zu finden ist und nur von ihm auch am schamlosesten brutalisiert wird: Gerechtigkeit – und Humor, der bei einem selbst anfängt.

Erläuterungen

Axel Eggebrecht. Gespräch mit Remarque

Erstdruck und Druckvorlage: Axel Eggebrecht, »Gespräch mit Remarque. Zur Diskussion über *Im Westen nichts Neues.* Die Entstehungsgeschichte des Buches. Die inneren Motive. Faktoren des Erfolgs. Weiteres Schaffen«. In *Die Literarische Welt* (Berlin), Jg. 5 (1929), Nr. 24 (14. 06. 1929), S. 1–2.

Remarque lernte Axel Eggebrecht (1899–1992) vermutlich im Sommer 1928 in Berlin kennen. Eggebrecht war seit 1925 »freier Schriftsteller«, Remarque als Redakteur bei *Sport im Bild* beschäftigt. Eggebrecht gibt selbst einen Bericht über die Kontaktaufnahme in seiner Autobiographie *Der halbe Weg. Zwischenbilanz einer Epoche*. Hamburg: Rowohlt, 1975, S. 241 ff.

> Der *Toppkeller* in der Schweriner Straße war eine Kaschemme, in der Berlin W sich, angegruselt und völlig gefahrlos, mit der Unterwelt mischte, dergleichen floriert in jeder Großstadt. Die Attraktion war ein Balken, wer lange Nägel mit einem Schlag hineintrieb, bekam einen Gratisschnaps. Ich probierte vergeblich den Kraftakt, um einer schlanken Schönen zu imponieren, die mokant lächelnd danebenstand. (...) Nachher saß ich mit ihr und ihrem Mann, der sich als Redakteur am Hugenbergschen *Sport im Bild* entpuppte, einer Hochglanz-Zeitschrift für feine Leute.
> Er selbst trat gern als Snob auf, verließ die Spelunke mit Spazierstock und Melone, legte draußen beides weg, als wir in seinen kleinen Fiat stiegen, ich wurde zum Mitkommen eingeladen. Zu Hause mixte er zeremoniell vorzügliche Drinks, (...). Wir sprachen über unsere Vergangenheit, über den Krieg, den er ebenso haßte wie ich. Obenhin erwähnte er, daß er darüber ein Buch schriebe. (...) So begann die monatelange Liaison mit Jeanne, der Frau von Erich Maria Remarque. (...)
> Das letzte Mal traf ich ihn im späten Frühjahr 1929 zu einem ausführlichen Gespräch, das ich dann in der *Literarischen Welt* wiedergab. Nach langem Zögern äußerte er sich zu bösartigen Angriffen und Verleumdungen, mit denen der plötzlich Berühmte überschüttet wurde. Mit auffallendem Nachdruck stritt er jegliche politische Tendenz seines Buches ab. (...)
> Die Skepsis war damals nicht gespielt, er glaubte nicht an seine literarische Zukunft. Doch dann kamen Agenten mit verführerischen Angeboten, er konnte nicht widerstehen, schrieb ein zweites Buch, das die schlichte Kraft des ersten nicht erreichte. Im Laufe der Zeit wurde er ein routinierter Unterhaltungsschreiber, in aller Welt gelesen, ich gönnte ihm den anhaltenden Ruhm aufrichtig.

Eggebrechts Schilderung ist allerdings nicht frei von Verzerrungen und Auslassungen: in der »Hochglanz-Zeitschrift für feine Leute« *Sport im Bild* veröffentlichte auch Eggebrecht 1928 einige Texte, vermutlich auf Vermittlung Remarques. Zwischen Remarque und Eggebrecht bestand offensichtlich eine Konkurrenz um Remarques Frau Ilse Jutta Zambona, die ausschlaggebend für die negative Darstellung gewesen sein könnte. Bis zu seinem Tod war Eggebrecht nicht mehr bereit, sich auf Anfrage zu Remarque zu äußern.
Das von ihm publizierte Interview mit Remarque, eines der ersten des Autors überhaupt, zählte in der Diskussion um den Roman zu den am häufigsten zitierten und nachgedruckten. Remarques Angaben im Interview, insbesondere die Entstehung, Entstehungszeitraum und -anlaß des Romans betreffenden, sind jedoch nur bedingt zuverlässig. Die Vermarktungsstrategie des Ullstein-Konzerns für *Im Westen nichts Neues* beinhaltete u. a. eine teilweise Verfälschung der Biographie Remarques sowie die Charakterisierung des Autors als nichtprofessionellen Schreiber von eigenen Kriegserinnerungen. Diese Fehlinformationen stellte Remarque auch im Interview mit Eggebrecht weitgehend nicht richtig (s. hierzu Thomas Schneider, »Es ist ein Buch ohne Tendenz – *Im Westen nichts Neues*: Autor- und Textsystem im Rahmen eines Konstitutions- und Wirkungsmodells für Literatur«. In *Krieg und Literatur/War and Literature* [Osnabrück], Jg. I [1989], No. 1, S. 23–40).

Das Ende des Krieges? Ein Briefwechsel zwischen dem Autor von *Im Westen nichts Neues* und General Sir Ian Hamilton

Erstdruck und Druckvorlage: »The End of War? A correspondence between the Author of *All Quiet on the Western Front* and General Sir Ian Hamilton, G.C.B., G.C.M.G«. In *Life and Letters* (London. Edited by Desmond MacCarthy), Vol. III (1929), No. 18 (November 1929), S. 399–411. Aus dem Englischen von Thomas F. Schneider.

Noch vor Erscheinen der englischen Ausgabe von *Im Westen nichts Neues* im März 1929 sandte Remarques englischer Verlag Putnam's Sons ein Vorausexemplar an einen der bekanntesten britischen Kommandeure des Ersten Weltkriegs, General Sir Ian Hamilton, der mit dem abgedruckten Brief vom 2. April 1929 reagierte. Der Verlagschef von Putnam, Huntington, reichte Hamiltons Antwort mit Brief vom 19. April an Remarque weiter (erhalten in Remarques Nachlaß, R-C 6F.11/002), woraus sich der weitere, bislang in der Forschung zu *Im Westen nichts Neues* weitgehend unberücksichtigt gebliebene Briefwechsel entwickelte.
Die Redaktion von *Life & Letters* leitete den Briefwechsel mit folgender Bemerkung, die das Zitat eines Briefes Remarques einschließt, ein:

Für die Historiker wird das Jahr 1929–1930 hauptsächlich bemerkenswert sein als das Jahr, in dem die Gefühle der Menschen sich zum ersten Mal energisch gegen den Kriegsgedanken wandten. Es mag seltsam erscheinen, daß sich solch ein emotionaler Wandel so lange hinausgezögert haben sollte, aber Tatsache ist, daß die Menschen die Untersuchung nur jener schrecklichen Ereignisse ertragen können, die ein wenig in die Vergangenheit zurückgetreten sind, und ein natürlicher Widerwille verhindert, militärische Erfolge herabzusetzen, wenn die Trauer noch frisch ist. Symptome dieser Veränderung der Einstellungen tauchen an allen Ecken auf. Eines von ihnen ist die plötzliche und unerwartete Wiederbelebung des Interesses an der Aktualität des Krieges in ganz Europa. Bücher, die noch vor einem Jahr kein Verleger zu verkaufen hoffen konnte, weder in diesem Land noch in einem anderen, werden nun von Hunderttausenden verschlungen. Zu diesen hat England ein bemerkenswertes Buch beigetragen, *Undertones of War* von Edmund Blunden. Aber *Im Westen nichts Neues* von Erich Maria Remarque hat von allen Büchern den tiefsten und weitreichendsten Eindruck hinterlassen. Die folgende Anzahl Exemplare wurde verkauft (die Zahlen sind einige Monate alt):

Deutschland	850 000
Dänemark und Norwegen	60 000
Amerika	215 000
Finnland	5 000
Frankreich	300 000
Holland	50 000
Rumänien	6 000
Schweden	50 000
Spanien	25 000
Tschechoslowakei	20 000
England	300 000

Daß in Frankreich mehr Exemplare verkauft worden sein sollen als in Amerika, ist bezeichnend, obwohl dies teilweise an der schlechten Qualität der amerikanischen Fassung liegen könnte (die Amerikaner scheinen die schlechtesten Übersetzer der Welt zu sein).

Obwohl die Mehrheit derjenigen, die *Im Westen nichts Neues* gelesen haben, es als begrüßenswertes Buch und als der Kriegsgegnerschaft förderlich betrachtet haben, verdächtigen andere den Autor der Schilderung von Grausamkeiten um ihrer selbst willen. Die Herren Putnam, die hiesigen Verleger, haben mir ein großes Paket Zeitungsausschnitte vorgelegt. Unter ihnen sind Auszüge aus Soldatenzeitschriften, die aus in Deutschland publizierten herabwürdigenden Kommentaren übersetzt wurden, ein angenehmes Beispiel beruflicher Solidarität. Sie wurden an Herrn Remarque gesandt, und es ist interessant, wie er sie aufgenommen hat. Er schreibt am 15. September aus Berlin:

Ich danke Ihnen für die Pressemeldungen, die Sie mir zusandten und die einige für mich neue Dinge enthielten. Ich erfuhr aus dem Interview im *Observer* vom 8. September, daß Herr Moissi behauptet, mich gut zu kennen, und sagt, daß ich 26 Jahre alt wäre. Ich habe nicht die geringste Bekanntschaft mit Herrn Moissi und bin unglücklicherweise fünf Jahre älter. Immer wieder finde ich Klatschspalten in verschiedenen Blättern, über die ich manchmal von Berliner Korrespondenten englischer Zeitungen befragt worden bin. Dazu kann ich nur sagen, daß ich es wirklich für unnötig halte, von dem Tratsch irgendeine Notiz zu nehmen, der auf Ignoranz, Neid, Haß oder Sensationsgier basiert. In Deutschland würde niemand darin einen Sinn sehen, weil hier jedermann weiß, woher dies alles kommt. Diese kleine Gruppe unbefriedigter Leute, Reaktionäre, Kriegsverehrer, ist nicht mehr Deutschland trotz des Lärms, den sie begeistert machen. Das Deutschland von heute steht für Arbeit, Wiederaufbau, wohlwollendes Verständnis, Fleiß und Frieden.
Wenn ich sehe, was die Schmieren-Presse und die Ewiggestrigen aus mir machen, könnte ich mich mir manchmal als Monster vorstellen. Mein Alter beispielsweise schwankt zwischen zweiundzwanzig und fünfundfünfzig Jahren, und ich kann die verschiedenen Namen, die ich tragen soll, kaum noch zählen oder die vielen verschiedenen Regimenter, Brigaden oder Divisionen, denen ich angehört oder *nicht* angehört haben soll. In einem Atemzug wird mir nachgesagt, ich hätte mein Manuskript einem toten Kameraden gestohlen, von anderen Kriegsbüchern abgeschrieben und im Auftrag der *Entente* geschrieben. Die letzten Informationen über mich wechseln von Tag zu Tag. Alles, was ich darauf antworten kann, ist, ich wünschte, daß diese Leute zumindest in einem Punkte recht hätten: daß ich nie Soldat war. Dann könnte ich heute wirklich sicher sein, ein guter Schriftsteller zu sein, wovon ich mich selbst noch überzeugen muß. Übrigens sollte in meinen Augen ein Autor das letzte Wort über sein Buch gesagt haben, wenn er das letzte Wort geschrieben hat. Wenn es gut ist, kann es sich selbst gegen feindliche Kritik behaupten; falls es schlecht ist, sind alle nachfolgenden Rechtfertigungen nutzlos.
Verletzte Eitelkeit und verletzte Selbstüberschätzung wären die Hauptmotive, um auf persönliche Angriffe zu antworten. Wie auch immer, *Amour propre* ist nur erlaubt, wenn man siebzig geworden ist und sein Lebenswerk vollendet hat. Aber ich bin jung und stehe erst am Anfang. In meinen Augen würde ich mich lächerlich machen, hielte ich mich aufgrund eines einzigen Buches für einen guten Schriftsteller. Ich muß zunächst meine eigenen Fähigkeiten ermessen; und dafür muß ich arbeiten. Arbeiten – nicht reden oder streiten. Ich bin um so weniger geneigt zu reden, da ja all der Unsinn, der über mich getratscht wurde, ungenau und falsch war und – mehr noch – so eindeutig böswillig und verrückt, daß jeder in Deutschland darüber mit den Schultern zuckt.

Nicht alle Soldaten haben indessen das Buch in diesem Geist aufgenommen. Der Verleger sandte ein Vorausexemplar an General Sir Ian Hamilton, und dessen Brief, der dem Autor nachgesendet wurde, entlockte ihm die Kritik an seiner eigenen Arbeit, die wir nun abdrucken. Während all des Aufruhrs um sein Buch hat Herr Remarque bislang geschwiegen. Dies ist das erste Mal, daß er erläutert, um was es ihm in seiner Arbeit geht. Wir drucken den vollständigen Briefwechsel, weil es interessant ist, daß ein hochrangiger englischer Soldat mit seinem Kommentar dem Hauptanliegen des Autors so nahegekommen ist, daß er ihn dazu brachte, sein Schweigen zu brechen.

Ian Hamilton (1853–1947) war Berufssoldat und hatte nach seinem Eintritt in die Armee 1872 bis zum Ersten Weltkrieg an nahezu allen militärischen Aktionen des Empire aktiv teilgenommen: Als Chief of the Mediterranean Command und Inspector general of Overseas Forces 1915 zum General ernannt, erhielt Hamilton im März 1915 das Kommando über ein Unternehmen, das zugleich Höhepunkt und Wende seiner militärischen Laufbahn bedeutete: Der Versuch der Entente, durch die Landung auf der türkischen Halbinsel Gallipoli den Bosporus sichern zu können, endete mit einer Katastrophe. Hamilton, dem offiziell keine Schuld am Scheitern der Aktion gegeben wurde, wurde im Oktober 1915 von seinem Kommando abberufen. Bis zu seiner Pensionierung 1920 diente er im Londoner Tower. Auch im Ruhestand war er, wie in den Briefen erwähnt, noch aktiv. Zugleich Präsident der British League of Scotland, wurde er 1932 Lord rector der Universität Edinburgh.
Dem publizierten Briefwechsel vom Verlag Putnam nicht beigefügt wurde ein weiterer Brief Remarques vom Mai 1929, in dem der Autor auf eine Anfrage des Verlags vom 3. Mai 1929 reagierte. Der Brief ist eines der wenigen frühen Dokumente, in denen Remarque zur sogenannten »Kramer«-Kontroverse um seinen Namen Stellung bezieht (zitiert nach R-C 6F.11/007a):

Sehr geehrte Herren,
ich danke Ihnen herzlich für Ihre freundlichen Briefe und die Zeitungsausschnitte. Leider war ich einige Zeit krank, deshalb konnte ich nicht gleich antworten.
Nur so viel für heute: Ich heiße nicht »Kramer«, das ist ein Märchen, das von einigen deutschen Militaristen erfunden worden und in der Presse verbreitet ist. Ich heiße Remarque, das ist der Name meiner Familie seit vielen Hunderten von Jahren, und die einzige Änderung, die dieser Name manchmal erfahren hat, ist die Verdeutschung aus »Remarque« in »Remark«. Das aber nur bei mir und meinem Vater, weil es uns oft nahegelegt wurde. Heute wie früher führen wir jedoch beide Namen, als Rufnamen aber »Remarque«. »Kramer« hieß nie jemand bei uns, das ist eine reine

Erfindung, wie so manches andere. Über alles andere schreibe ich Ihnen in den nächsten Tagen. Ich werde alle Ihre Wünsche erfüllen.
Ihr ergebenster

Erich Maria Remarque

Haben meine Bücher eine Tendenz?

Erstdruck: Bislang kein Druck nachgewiesen. Druckvorlage: Typoskript im Nachlaß von Erich Maria Remarque, *Haben meine Bücher eine Tendenz?* (R-C 8A.34/003).

Praktische Erziehungsarbeit in Deutschland nach dem Krieg

Erstdruck: Bislang kein Druck nachgewiesen. Druckvorlage: Typoskript im Nachlaß von Erich Maria Remarque, *Practical Educational Work in Germany after the War* (R-C 1.248/001). Aus dem Englischen von Thomas F. Schneider.

Bereits im Herbst 1942 kam es zu Kontakten zwischen Remarque und dem Stab des US-Vizepräsidenten Wallace, der versuchte, den in New York lebenden Autor für eine aktive Propagandaarbeit im Sinne der Alliierten zu gewinnen. Verliefen diese ersten Kontakte noch ergebnislos, so sah sich Remarque im Sommer 1944 intensiveren Bemühungen des am 13. Juni 1942 gegründeten Office of Strategic Services (OSS) ausgesetzt, der vor allem für Informationsbeschaffung über die Länder, die gegen die USA Krieg führten, zuständig war. Remarque lehnte die Aufforderung ab, in die Armee einzutreten und, dem Beispiel Marlene Dietrichs folgend, direkt unterstützend zu arbeiten. Der Kontaktmann zum OSS, Pearsons, blieb jedoch hartnäckig, so daß Remarque schließlich mit der Formulierung des Essays *Practical Educational Work in Germany after the War* seine Vorstellungen einer Re-Education der Deutschen nach dem Krieg für den OSS Ende September/Anfang Oktober 1944 festhielt (vgl. Tagebucheintrag Remarques vom 27.09.1944, R-C 4A.14/001). Dem im Nachlaß Remarques erhalten gebliebenen Exemplar des Essays liegt ein Deckblatt bei mit der (nicht von Remarque verfaßten) Notiz: »The Remarque Plan for the Regeneration of Germany/refer to Bob Kempner«. Robert M.W. Kempner (1899–1993), später stellvertretender Ankläger der USA bei den Nürnberger Prozessen und Anwalt Remarques in Wiedergutmachungsfragen, war vom OSS mit der Zusammenstellung einer Liste von Antifaschisten betraut worden, die bei der amerikanischen Militärregierung in Deutschland nach dem Krieg für

Verwaltungsposten herangezogen werden sollten. Kempner selbst konnte sich 1987 jedoch nicht mehr an den Essay Remarques erinnern. Der Eintrag »refer to Bob Kempner« läßt daher schließlich nur vermuten, daß der Essay Kempner zur Durchsicht vorgelegt werden sollte oder daß Remarque auf Kempners Initiative hin vom OSS angesprochen worden war (s. hierzu ausführlich: Lothar Schwindt. »Geheimdienstarbeit. Remarques Schrift *Practical Educational Work in Germany after the War*«. In: Tilman Westphalen (Hg.), *Erich Maria Remarque 1898–1970*. Bramsche: Rasch, 1988, S. 65–78).

M. Feldmann. Gespräch mit E. M. Remarque

Erstdruck und Druckvorlage: M. Feldmann, »Gespräch mit C. [sic] M. Remarque«. In *Europäische Rundschau* (Wien), Jg. 1(1946), Heft 5 (Mai 1946), S. 228–230.

Die *Europäische Rundschau* erschien in Wien von 1946 bis 1948 in insgesamt 26 Heften. Über die genaueren Entstehungsumstände des vorliegenden Interviews, seinen Anlaß sowie die Person des Interviewers Feldmann konnten bislang keine Informationen gewonnen werden. Auch im Nachlaß des Autors liegen zu diesem Interview keine Dokumente vor.

Der Funke Leben. Vorwort

Erstdruck: Kein Druck nachweisbar. Druckvorlage: Beilage *Vorschläge für den Text des Schutzumschlages* zum Brief Verlag Kiepenheuer & Witsch in Köln an Felix Guggenheim in Los Angeles (Vertrag), 12. 03. 1952, im Nachlaß von Erich Maria Remarque (R-C 6F.7/001). Ähnlich lautende Passagen finden sich im Vorwort zum Vorabdruck der Romans unter dem Titel *Spark of Life* in der US-amerikanischen Illustrierten *Collier's* vom Januar 1952.

Der Funke Leben

Erstdruck: Kein Druck nachweisbar. Druckvorlage: Beilage zum handschriftlichen Manuskript *Der Funke Leben*, Library of Congress, Washington, D. C. Aus dem Englischen von Thomas F. Schneider.

Mit dem Roman *Der Funke Leben* wandte sich Remarque Ende der 40er Jahre erstmals einem Thema zu, dessen Beschreibung er keinerlei persönliche Erfahrungen zugrunde legen konnte: den nationalsozialistischen Kon-

zentrationslagern. 1944 konzipiert und nach der Niederschrift von *Practical Educational Work in Germany after the War* und dem Erhalt der Nachricht von der Hinrichtung seiner Schwester Elfriede im Juli 1946 begonnen, stellte der Roman wohl die größte schriftstellerische Herausforderung für Remarque bis zu diesem Zeitpunkt dar. Bereits in einem Interview mit Robert van Geldern (*New York Times*, 27.01. 1946) äußerte Remarque Zweifel, ob das Thema des Buches überhaupt sein Publikum interessieren würde. Obwohl *Der Funke Leben* auf einer detaillierten Recherche des Autors, auf Dokumenten und Zeitzeugenberichten fußte, wurde sich Remarque im Laufe der fünfjährigen Entstehung des Buches immer mehr der Tatsache bewußt, daß er mit der Formulierung eines fiktionalen Textes über die Konzentrationslager in den frühen 50er Jahren vor allem in der Bundesrepublik eine Tabuverletzung beging. Der bereits abgeschlossene Vertrag mit dem Schweizer Scherz-Verlag wurde, nachdem der Verleger das Manuskript und damit die Thematik des Buches zur Kenntnis genommen hatte, von seiten des Verlages gelöst. Auch der neue Verleger, Joseph Caspar Witsch, mußte trotz anfänglichen Optimismus feststellen, daß sich das Buch für Remarques Verhältnisse nicht verkaufen ließ und außerdem auf überwiegende Ablehnung durch bundesdeutsche Kritiker stieß; bezeichnenderweise waren die Reaktionen der ehemaligen Opfer des Nationalsozialismus durchweg positiv. Aus diesen Schwierigkeiten heraus resultiert der für Remarque einmalige Fall, daß sich der Autor in einer Vielzahl von Vorworten und Entwürfen zu Vorworten zu Intention und Aussage seines Romans *Der Funke Leben* äußerte und nicht auf der sonst vertretenen Auffassung beharrte, diese Informationen seien im Text enthalten und bedürften keiner zusätzlichen Erläuterung durch den Autor selbst.
Die Erfahrungen, die Remarque mit der Rezeption des Romans machte, dürften nicht zuletzt ausschlaggebend gewesen sein für seine kritischen Bemerkungen in der Folgezeit über die seiner Ansicht nach nur unzureichend erfolgte Aufarbeitung der nationalsozialistischen Vergangenheit in der Bundesrepublik Deutschland (vgl. hierzu ausführlich die Beiträge in dem Band *»Reue ist undeutsch«. Erich Maria Remarques Der Funke Leben und das Konzentrationslager Buchenwald*. Herausgegeben von Thomas F. Schneider und Tilman Westphalen. Bramsche: Rasch, 1992).

Seid wachsam!

Druckvorlage: Typoskript im Nachlaß von Erich Maria Remarque, *Zum Film: Der letzte Akt* (R-C 1.105/002). Erstdruck in englischer Übersetzung (gekürzt): »Be Vigilant! By Erich Maria Remarque«. In *Daily Express* (London), 30.04. 1956. Nachdruck (weiter gekürzt) in *Prevent World War III* (New York), 1956, No. 48, S. 17–18.

Anfang August 1954 bekam Remarque von Friedrich Torberg das Angebot, ein Drehbuch zu einem Film über die letzten Tage in der Reichskanzlei vor Hitlers Tod zu verfassen. Die Produktionsfirma Cosmopol hatte zuvor bereits andere Autoren beauftragt, ein Drehbuch zu verfassen, deren Entwürfe jedoch vermutlich nicht den Vorstellungen des Produzenten Carl Szokoll entsprachen. Nach kurzem Zögern begann Remarque Mitte August mit der Arbeit an *Der letzte Akt*. Der Film basierte auf dem Buch *Ten Days to Die* (1950; deutsch 1950 bei Droemer: *In zehn Tagen kommt der Tod*) des ehemaligen amerikanischen Richters bei den Nürnberger Prozessen, Michael A. Musmanno, das aus Akten und Zeugenaussagen der Nürnberger Prozesse erstellt worden war. Zum Inhalt informierte die Cosmopol:

> Die letzten Tage in dem Bunker der Reichskanzlei in Berlin; die strategischen Phantasien des Führers, der mit nicht mehr vorhandenen Divisionen operiert, und die Phalanx der ja-sagenden Generalstabsfiguren; die Dekorierung dreizehnjähriger Hitlerjungen, die Totentanzstimmung in der Kantine des Bunkers, der bereits unter russischem Artilleriefeuer liegt, die letzten sinnlosen Zuckungen einer infernalischen Kriegsmaschine, die bis zum Schluß Opfer fordert: durch Wahnsinnsbefehle, Hinrichtungen und schließlich durch die Überflutung der S-Bahn, in der Tausende zufluchtsuchender Menschen den Tod fanden; die Eheschließung Hitlers mit Eva Braun und ihr Ende in einer Grube, in der die benzinübergossenen Leichen in den Flammen verkohlen. Und dazu und darüber die Mahnung eines von den Schergen Hitlers ermordeten Hauptmanns: Sagt nie mehr »jawohl«! Damit hat alles angefangen! (Inhaltsangabe, Cosmopol-Film 1955).

Der Film, realisiert von Georg Wilhelm Pabst mit Oscar Werner und Albin Skoda in den Hauptrollen, nahm sich eines in der Bundesrepublik derart tabuisierten Themas an, daß bereits vor seiner Fertigstellung öffentlich Kritik geäußert wurde. Remarque notierte am 10. 11. 1954 in sein Tagebuch (R-C 4A.24/001):

> Bereits Rauschen im deutschen Blätterwald wegen des Films. Wie kann ich, ein Hollywood-Nightclubfritze u. Szokoll, ein Verräter, der im Kriege alles tat, damit Wien nicht zerstört wurde, es wagen – man sollte meinen, jedem Verbrecher sei es erlaubt, einen »Hitler«stoff zu machen, – aber nein: heiligstes Volksgut, noch immer.

Entsprechend negativ reagierte die bundesdeutsche und österreichische Presse nach der Premiere des Films. Die Filmbewertungsstelle Wiesbaden äußerte sich in ihrem Gutachten vom 04. 04. 1955:

> Der Film macht den Versuch, die letzten Tage des Dritten Reiches, im wesentlichen dargestellt in den Ereignissen, die sich im Reichskanzleibunker abgespielt haben, dem Beschauer vor Augen zu führen. Es ist dem

Bewertungsausschuß nicht möglich, die Handlung des Films auf ihre historische Wahrheit zu überprüfen. Die im Drehbuch niedergelegte Ansicht über die handelnden Personen, im wesentlichen Hitler und sein Gefolge, außerdem die Wehrmachtsführung, steht dabei in vielem zu sehr in einem bis jetzt historisch nicht ganz überblickbaren Raum. Die breite Ausspielung der Orgien in der Kantine des Bunkers, die in ihr ausgedrückte Atmosphäre in den drei dargestellten Szenen des Tanzes der Krankenschwester, des Parademarsches des Verwundeten und das Absingen des Liedes »Heute gehört uns Deutschland...« in der ihr unterlegten Symbolkraft sind aus der Situation nicht genügend motiviert und lassen den Verdacht einer bewußten Meinungslenkung zu.

Diese »bewußte Meinungslenkung« lag durchaus in der Intention Remarques. Der den Film begleitende Text *Seid wachsam!* erschien daher bezeichnenderweise nicht in der Bundesrepublik, sondern in Großbritannien und den USA; dort in der für die Zeit des Kalten Krieges Mitte der 50er Jahre geradezu subversiven Zeitschrift *Prevent World War III*.
Remarque verweist in *Seid wachsam*! auf folgende politische Ereignisse des Frühjahrs 1956 (die Hinweise verdanke ich Dr. W. Kraushaar, Institut für Sozialforschung, Hamburg):
Am 16. Januar hält der kommissarische Leiter der Abteilung Marine im Bundesverteidigungsministerium, Kapitän zur See Karl Adolf Zenker, vor der Marinelehrkompanie in Wilhelmshaven eine Ansprache, in der er die beiden als Kriegsverbrecher verurteilten Großadmirale Karl Dönitz und Erich Raeder in Schutz nimmt; die Großadmirale hätten die Marine »sauber, anständig und ehrenhaft« geführt. Die SPD-Bundestagsfraktion stellt daraufhin eine Große Anfrage, die von dem Abgeordneten Carlo Schmitt am 18. April 1956 vor dem Bundestag damit begründet wird, daß die Rede einen Geist atme, der nicht der Geist der Bundeswehr werden dürfe. Bundesverteidigungsminister Theodor Blank (CDU) verteidigt die Rede Zenkers wie auch Herbert Schneider (DP) und Hellmuth Heye (CDU). Nach Blanks Auffassung habe Zenker in seiner Rede versucht, den neuen Soldaten darzulegen, daß sie sich »der guten militärischen Tradition ihrer Waffe« nicht zu schämen brauchten.
Am 2. Februar 1956 spricht das Schwurgericht beim Landgericht München II den ehemaligen Oberst Ohm von der Anklage, Beihilfe zum Totschlag geleistet zu haben, aus Mangel an Beweisen frei. Ohm hatte am 28. April 1945 den Befehl erteilt, sieben Männer aus der südlich von München gelegenen Kleinstadt Penzberg zu erschießen, weil sie als Beteiligte an der »Freiheitsaktion Bayern« die letzten NS-Machthaber stürzen und sich den vordringenden amerikanischen Truppen ergeben wollten.
Am 1. März 1956 hebt die Stadtverordnetenversammlung Kiel einen Beschluß vom 27. Dezember 1945 auf und erklärt den früheren Oberbefehlshaber der deutschen Kriegsmarine, Großadmiral Erich Raeder, erneut zum Ehrenbürger. Raeder, in Nürnberg zu lebenslanger Haft verurteilt, war zuvor vorzeitig am 26. September 1955 entlassen worden.

Das Auge ist ein starker Verführer

Druckvorlage: Typoskript im Nachlaß von Erich Maria Remarque, *The Eye is a Strong Seducer* (R-C 1.305/001). Aus dem Englischen von Thomas F. Schneider. Erstdruck: Vermutlich in einer englischen Zeitung 1958 unter dem Titel »Erich Maria Remarque's Strong Seducers«; nur unvollständig im Nachlaß Remarques erhalten geblieben (R-C 8A.41/010).

Bereits 1957 arbeitete Remarque erneut an einem Drehbuch, diesmal an der Verfilmung seines eigenen Romans *Zeit zu leben und Zeit zu sterben* (1954). Neben dem Drehbuch, das von Orin Jannings noch weitgehend überarbeitet wurde, wirkte Remarque auch als Darsteller in dem von Douglas Sirk mit John Gavin und Liselotte Pulver in den Hauptrollen realisierten Film mit. Im September/Oktober 1957 hielt sich Remarque zu den Dreharbeiten in Berlin auf; die Erfahrungen dieses Aufenthaltes (nur einer von vielen in der Nachkriegszeit) schildert der den Film begleitende Essay *Das Auge ist ein starker Verführer*. Während der Film in den USA eine Oscar-Nominierung als bester Film erhielt, war er in der Bundesrepublik für die Filmbewertungsstelle wie *Der letzte Akt* nicht prädikatwürdig. War die Bewertungsstelle 1955 nicht in der Lage, die historische »Wahrheit« im Film *Der letzte Akt* zu überprüfen, so diente für *Zeit zu leben und Zeit zu sterben* eine zu genaue historische »Wahrheit« als Begründung des negativen Urteils vom 30.05.1958:

> [Der Film] bedient sich (...) eines reportagehaften Stils, der jedoch insofern stark veräußerlicht ist, als er mit verdächtiger Gründlichkeit alle nur möglichen und denkbaren Tatsachen und Motive und geschichtlichen Vorgänge dieser Zeit aneinanderreiht.

Das Auge ist ein starker Verführer erschien wiederum nicht in der Bundesrepublik, sondern nur in Großbritannien (vgl. ausführlich: Hermann Flau, »Remarque-Verfilmungen. Ungewollt politisch – politisch ungewollt«. In: Tilman Westphalen (Hg.), *Erich Maria Remarque 1898–1970*. Bramsche: Rasch, 1988, S. 113–136).

Über *Eichmann und Komplizen* von Robert M. W. Kempner

Erstdruck und Druckvorlage: Kein Druck zu Lebzeiten nachweisbar, postum »Erich Maria Remarque über Eichmann und Komplizen von Robert M.W. Kempner (Anlage zum Brief: Erich Maria Remarque in Porto Ronco an Robert M.W. Kempner, 05.01.1962)«. In *Robert M. W. Kempner Bibliographie*. Von Thomas Schneider. Mitarbeit Tilman Westphalen. Osnabrück: Universität Osnabrück, 1987, S. 288–292.

Robert M.W. Kempner (1899–1993), den Remarque bereits in den 40er Jahren im amerikanischen Exil kennengelernt hatte, ließ sich 1951, nach seiner Beteiligung als amerikanischer Anklagevertreter bei den Nürnberger Prozessen, als Anwalt vor allem für Wiedergutmachungsfragen in Frankfurt/Main nieder. Kempner vertrat Remarque in Fragen der Entschädigung für die dem Autor durch das Verbot seiner Bücher in den Jahren 1933–1945 entgangenen Tantiemen. Zudem versuchte Kempner ergebnislos, ein Verfahren gegen die Denunziantin der Remarque-Schwester Elfriede Scholz und gegen die Richter am Volksgerichtshof zu eröffnen, die Elfriede Scholz im Dezember 1943 wegen »Wehrkraftzersetzung« zum Tode durch Enthauptung verurteilt hatten. Kempner galt als Experte in Fragen der nationalsozialistischen Judenverfolgung und insbesondere der sogenannten »Wannseekonferenz«, deren Protokoll er während der Nürnberger Prozesse wiederauffand. Kempner wurde daher auch als Sachverständiger im Eichmann-Prozeß in Jerusalem 1961 gehört. In der Folge dieser Tätigkeiten veröffentlichte er 1961 eine umfangreiche Dokumentation im Zürcher Europa-Verlag unter dem Titel *Eichmann und Komplizen*. Kempner bat Remarque um eine Rezension des Bandes zu Werbezwecken, wie aus dem der Druckvorlage beiliegenden Brief Remarques an Kempner vom 05.01.1962 hervorgeht:

Lieber Don Roberto,
ich habe Sie endlos lange warten lassen mit meiner Review über Ihr Buch, – dabei brannte es mir immer auf den Fingern, und ich habe sicher ein Dutzend davon geschrieben. Immer fehlte noch vieles daran und auch jetzt fehlt noch so manches, – aber ich weiß, daß Besprechungen eine gewisse Länge nicht überschreiten sollen, um nicht an Wirksamkeit zu verlieren.
Ich möchte aber trotzdem immer noch hinzufügen, verbessern und ändern, und das könnte noch lange so weitergehen, (deshalb habe ich auch in 30 Jahren keine fünf Besprechungen zustande gebracht, mir geht »Fiktion« und Handlungerzählen eben leichter von der Hand) deshalb, da es wichtig ist, daß Ihr Verleger diese Review zur Zeit, wo sie Zweck hat, bekommt, schicke ich Ihnen, zögernd und noch nicht damit zufrieden, was ich hier habe. Ihre Verleger können es natürlich ganz, teilweise oder in einzelnen Stücken veröffentlichen, entweder in Zeitungen etc., Prospekten, Anzeigen und auch, wenn Sie möchten, als Kritik im Buch und auf dem Buchumschlag.
Nehmen Sie herzlichsten Dank für Ihre prachtvolle Arbeit! Und ebenso herzlichen Dank für das, was Sie für mich erreicht haben! Ich schreibe Ihnen bald über das, was Sie noch benötigen. Alle guten Wünsche und auf baldiges Wiedersehen von Ihren getreuen

Paulette und Erich Remarque

Ich schicke eine Abschrift an den Europa Verlag!

Remarques Rezension blieb aus bislang unbekannten Gründen jedoch unveröffentlicht.

Heinz Liepman. Remarque und die Deutschen. Ein Gespräch mit Erich Maria Remarque

Erstdruck und Druckvorlage: »Remarque und die Deutschen. Ein Gespräch mit Erich Maria Remarque – Von Heinz Liepman«. In *Zürcher Woche* (Zürich), 30. 11. 1962, S. 7. Nachdruck unter dem Titel »Erich Maria Remarque: So denk' ich über Deutschland«, in *Die Welt* (Hamburg), 01. 12. 1962.

Heinz Liepman (1905–1966), wie Remarque in Osnabrück geboren, veröffentlichte vor 1933 einige Romane und war u. a. Dramaturg der Hamburger Kammerspiele. Von den Nationalsozialisten als Jude und der KPD nahestehender Autor verfolgt, ging er, vermutlich nach einer kurzen Inhaftierung im Konzentrationslager, 1934 ins Exil nach Holland. Dort auf Betreiben der deutschen Regierung verhaftet und ausgewiesen, folgten die Stationen Frankreich (1935), England (1936) und USA (1937). Heinz Liepman kehrte 1947 als Korrespondent von *Time* und Agent amerikanischer Verlage nach Deutschland zurück. Seit 1961 lebte er als Korrespondent der *Welt* erneut im diesmal selbstgewählten Exil, in der Schweiz. Trotz des gemeinsamen Geburtsortes lernten sich Liepman und Remarque vermutlich erst in den 50er Jahren in Zürich kennen, woraus sich eine enge Freundschaft der Ehepaare Liepman und Remarque entwickelte. Das vorliegende Interview geht, wie auch im Text erwähnt, unmittelbar zurück auf ein vorhergehendes Gespräch, das Remarque dem tschechischen Journalisten František Goldscheider gewährt hatte und das am 20. 10. 1962 unter dem Titel »Za Remarquem v Porto Roncu« in der Prager Literaturzeitung *Literarni Noviny* erschienen war. Remarque wurde dort als Warner vor dem Wiedererstarken des »nazistischen Geistes« in Deutschland zitiert, der deutsche Militarismus befinde sich »wieder auf dem Marsch«. Diese Äußerungen, die durch eine Meldung der Associated Press auch in Westeuropa verbreitet wurden, veranlaßten Remarque und Liepman zu einer Gegendarstellung, die, mit H. L. gezeichnet, unter dem Titel »Tschechisch« am 25. 10. 1962 in der *Welt* publiziert wurde. Remarque wird dort wie folgt zitiert:

> Ich habe während des Filmfestivals von Locarno mit einem Tschechen gesprochen, der ein Autogramm von mir erbat. Da er mir sagte, daß er in einem Konzentrationslager gesessen habe, habe ich ihn empfangen. Das Gespräch dauerte eine Viertelstunde, und ich hatte keine Ahnung, daß es ein Interview sein sollte.
>
> Ich gebe im allgemeinen überhaupt keine Interviews, besonders nicht an Journalisten aus dem Osten, weil dann immer die Gefahr besteht, daß

meine Äußerungen entstellt wiedergegeben werden. Ich nehme es nicht so übel, daß der tschechische Journalist unser Gespräch als Interview wiedergegeben hat, wobei er das heraushörte, was er hören wollte, sondern daß die Associated Press es weitergegeben hat, ohne bei mir vorher rückzufragen.
Ich habe sicherlich betont, daß ich nicht glaube, der Faschismus werde in der Bundesrepublik wieder zur Macht kommen, aber darauf hingewiesen, daß der alte nazistische Geist eine ständige Gefahr bleibe.
In dem Gespräch habe ich natürlich nicht gesagt, daß der Militarismus in der Bundesrepublik »auf dem Marsch« sei, sondern daß man die militärischen Maßnahmen und die Vereinigungen, die ihn fördern, beobachten und kontrollieren müsse. Bei dem Interview, das keines war, hat der tschechische Journalist die wesentlichen Punkte ausgelassen. Dabei ging es um den Begriff der Freiheit, der im Osten eine andere Bedeutung habe als bei uns.
Ich sagte, daß ich nicht leben könne ohne Toleranz, die Selbständigkeit des Individuums und unsere Art von Freiheit, die für mich so selbstverständlich sei wie das Geborensein.

Das nur 5 Tage später publizierte Interview mit Heinz Liepman steht damit im direkten Zusammenhang mit dieser Gegendarstellung und versucht, Remarques Auffassungen ausführlich zu verdeutlichen.
In den folgenden Jahren publizierte Heinz Liepman noch einige weitere Artikel zu Remarque, vor allem kurze biographische Darstellungen (vgl. zum Verhältnis Remarque-Liepman ausführlich: Helmut Morr, »Heinz Liepmann – oder kein Ende der Emigration«. In *Erich Maria Remarque Jahrbuch/Yearbook* III/1993, S. 11–26, sowie die Autobiographie von Ruth Liepman, *Vielleicht ist Glück nicht nur Zufall*. Köln: Kiepenheuer & Witsch, 1993).
Abdruck mit freundlicher Genehmigung von Ruth Liepman.

Friedrich Luft. Das Profil. Gespräch mit Erich Maria Remarque

Druckvorlage: Transkript nach der Video-Aufzeichung des Fernseh-Interviews von Friedrich Luft mit Erich Maria Remarque in Berlin vom Januar 1963. Erstsendung: *Sender Freies Berlin/ARD*, »Das Profil«, 03.02. 1963, 22.25–22.55 Uhr.

»Das Profil« ist das einzige bislang bekannte Fernsehinterview Remarques. Friedrich Luft (1911–1991), seit 1955 Kritiker der *Welt*, hatte zuvor bereits die Uraufführung des auch im Interview erwähnten Schauspiels *Die letzte Station* am Berliner Renaissance-Theater (1956) sowie im gleichen Jahr den Roman *Der schwarze Obelisk* besprochen. Beide Kritiken waren im Urteil wohlwollend. 1971 folgte eine vernichtende Kritik des nachgelassenen Romans *Schatten im Paradies* unter dem Titel »Eleganter Schmerz, der uns nicht berührt«. Hervorgehoben werden muß dagegen Friedrich Lufts Nachruf auf Remarque vom 28. September 1970, in dem er versucht, sowohl die Bedeutung des Autors fair einzuschätzen (»Er kannte seine Grenzen«) als auch das Verhältnis zu seinen Widersachern zu umreißen – der Titel des Nachrufes lautete: »Gescheiter als seine Kritiker«. In *Die Welt*, 28.09. 1970.

Frontal durch Krieg und Frieden. Über Hans Frick: *Breinitzer oder die andere Schuld*

Erstdruck und Druckvorlage: »Frontal durch Krieg und Frieden. Erich Maria Remarque über Hans Frick: ›Breinitzer oder die andere Schuld‹«. In *Der Spiegel* (Hamburg), 19. Jg. (1965), Nr. 30 (21. 07. 1965), S. 68.

Remarque verfaßte seit 1920 Buchrezensionen. Neben populärwissenschaftlichen Schriften zur Entwicklung im Automobilbau (vor allem in der Mitte der 20er Jahre) kritisierte er stets auch belletristische Werke. Bei der Auswahl der zu rezensierenden Literatur orientierte sich Remarque dabei nicht an Maßstäben wie dem Bekanntheitsgrad des Autors, der literarischen Qualität des Werkes und seines Ranges innerhalb der Literaturszene. Remarque wählte die Bücher nach seinem persönlichen Geschmack und der Verwandtheit des Werkes zu seinen eigenen Schriften aus. In den frühen 20er Jahren rezensierte er Werke von Gustav Sack, Gerrit Engelke und Hans Jäger, Mitte der 20er Jahre auch Neuerscheinungen der Kriegsliteratur wie Ernst Glaesers *Jahrgang 1902*, Ernst Jüngers *In Stahlgewittern* und *Das Wäldchen 125* oder Georg von der Vrings *Soldat Suhren*. Nach dem Erscheinen von *Im Westen nichts Neues* 1928/29 stellte Remarque bis auf sehr wenige Ausnahmen (z. B. Hans Sochaczewers *Menschen nach dem Kriege*) seine Rezensionstätigkeit ein. Die vorliegende Kritik zu Hans Fricks *Breinitzer oder die andere Schuld* schließt durch die Auswahl des Buches unmittelbar an die Rezensionspraxis der 20er Jahre an.
Die Redaktion des *Spiegel* führte mit folgender einleitender Bemerkung in die Rezension Remarques ein:

> Erich Maria Remarque, 67, Autor der Romane *Im Westen nichts Neues* (1929) und *Arc de Triomphe* (1946), lebt in Porto Ronco bei Ascona. – Hans Frick, 34, beschreibt in seinem ersten Roman, den er dem Quizmaster Hans-Joachim Kulenkampff widmete, die Erlebnisse und Fiebervisionen des einstigen KZ-Arztes und jetzigen Rentenempfängers Max Breinitzer, der, von seiner Schuld geplagt, gegen sich und seine früheren zwei Komplicen – heute Zuhälter und Polizeipräsident – einen Prozeß erwirken will. Westdeutschlands vergangenheitsmüde Richter weisen ihn ab: Breinitzer darf nicht sühnen.

Der Kontakt zwischen Remarque und Hans Frick (geb. 1930), aus dem schließlich die vorliegende Rezension hervorging, kam im Oktober 1964 aufgrund eines (nicht erhaltenen) Briefes von Frick zustande. Frick recherchierte zu dieser Zeit über seinen ihm unbekannten Vater, der 1949 in Budapest gestorben war, und hatte ermittelt, daß Remarque diesen gekannt hatte. Remarques Antwortbrief vom 17.10.1964 hat sich erhalten (im Remarque-Archiv Osnabrück, Konvolut Landschaftsverband, L-O 21/87). Er verdeutlicht, daß der eigentliche Anlaß der Rezension nicht literarischer, sondern zeitgeschichtlicher Art war, und sei aus diesem Grund hier zitiert:

Lieber Herr Frick,
ja, ich habe Ihren Vater gekannt und habe Teppiche von ihm gekauft. Seit etwa 1937 habe ich nichts mehr von ihm gehört. Er war ein stattlicher, gut aussehender Mann mit weltmännischen Manieren, und ich habe ihn sowohl in Paris und auch in Zürich gesehen, allerdings immer nur vorübergehend. Er arbeitete damals mit einem Herrn Glück zusammen. Es gab in Paris einen Teppichhändler Gerson, wo ich ihn auch manchmal traf, allerdings weiß ich nicht den Vornamen, und Gerson ist ja ein häufiger Name. Er verstand sehr viel von antiken Teppichen, und ich habe noch einige, die ich von ihm gekauft habe, hier im Hause. Viel mehr kann ich Ihnen nicht sagen, da ich ihn immer nur vorübergehend traf, wenn er einen Teppich brachte. Ich erinnere mich nur noch, daß er ein sehr guter Schachspieler war.
Daß er Ihre Mutter gefragt hat, seine Existenz nicht zu erwähnen, mag mit den unsicheren Verhältnissen, in denen er lebte, zusammenhängen. Ich habe ihn etwa 1931 zum erstenmal gesehen, er hatte angeblich damals ein Geschäft in Frankfurt, aber er muß es aufgegeben oder verloren haben, und ich weiß nur, daß er ein Wanderer war, glaube nicht, daß er viel Geld oder viel Sicherheit im Geschäft hatte, und kann verstehen, daß der Gedanke an eine Frau und ein Kind für diesen Wanderer zwischen Budapest, Frankfurt, Paris und Bukarest etwas Erschreckendes hatte. (...) Soviel ist ja inzwischen geschehen mit all diesen Unglücklichen, daß, selbst wenn hie und da etwas in ihrem Charakter oder ihrem Geschäftsgebaren nicht ganz dem Normalen entsprach, dies doch sicherlich auch eine Folge der Zeit, der Hetze, der Flucht in der politischen Verfolgung war. Ich glaube, alle Menschen seiner Art haben viele Todesängste erlitten, und ich würde nicht viel auf die Widersprüche geben, von denen Sie schreiben. Es ist leicht, in ruhigen Zeiten ein Prinzipienmensch zu sein; mit dem Tod über Jahre vor Augen ist das anders. Ich selbst kann mich nur erinnern, daß Ihr Vater ein interessanter, gewandter Unterhalter war, etwa, schätze ich fünf bis sieben Jahre älter als ich, groß, stattlich (er müßte heute, wenn er noch lebte, etwas über 70 Jahre alt sein, vielleicht sogar 75).
Wenn Sie mir Ihr Buch senden wollen, würde es mich sehr freuen.
Herzliche Grüße

Ihr
Erich Maria Remarque

Hans Fricks erster Roman *Breinitzer oder die andere Schuld* erschien 1965 im Rütten + Loening Verlag, München, und war für Frick vor allem aufgrund positiver Kritiken der Beginn einer literarischen Karriere, in der weitere Romane und Hörspiele folgten. Remarque bemühte sich nach der Veröffentlichung der Rezension noch um die Vermittlung einer Übersetzung ins Englische und verwies Frick an seinen amerikanischen Verleger Harcourt, Brace & World.

Größere und kleinere Ironien meines Lebens. Interview mit sich selbst

Erstdruck und Druckvorlage: »Größere und kleinere Ironien meines Lebens. Interview mit sich selbst (XVII): Erich Maria Remarque«. In *Die Welt* (Hamburg), 31.03. 1966, S. 15.

Bereits im Frühherbst 1965 erhielt Remarque von der Redaktion der *Welt* das Angebot, einen Beitrag zu der Serie »Interview mit sich selbst« zu verfassen. In den Briefen vom 18. September und 10. Dezember 1965 bat Remarque um Aufschub, da er mit der ersten Niederschrift seines neuen Romans, vermutlich *Schatten im Paradies*, beschäftigt sei. Mit dem Brief vom 30. Januar 1966 aus Rom sandte Remarque schließlich das Manuskript des Beitrages an die *Welt*: Er habe für die Abfassung des Manuskriptes vier Wochen gebraucht und sei nicht betroffen, falls »es nicht das ist, was Sie haben wollten«; man könne ja dann in Rom oder Hamburg »bei einer guten Flasche das verunglückte Experiment lachend begraben«. Briefe und Manuskript befinden sich heute in der Autographensammlung der Stadt- und Landesbibliothek Dortmund.